JADE Y.CHEN

陈玉慧 著

爱分离

四川文艺出版社

**图书在版编目（CIP）数据**

爱分离/陈玉慧著.—成都：四川文艺出版社，2018.4
ISBN 978-7-5411-4989-4

Ⅰ.①爱… Ⅱ.①陈… Ⅲ.①短篇小说—小说集—中国—当代 Ⅳ.①I247.7

中国版本图书馆CIP数据核字（2018）第048386号

AIFENLI
## 爱分离

陈玉慧 著

| | |
|---|---|
| 责任编辑 | 梁康伟 |
| 封面设计 | 吴黛君 |
| 内文设计 | 史小燕 |
| 责任校对 | 文　诺 |
| 责任印制 | 唐　茵 |

| | |
|---|---|
| 出版发行 | 四川文艺出版社（成都市槐树街2号） |
| 网　　址 | www.scwys.com |
| 电　　话 | 028-86259287（发行部）　028-86259303（编辑部） |
| 传　　真 | 028-86259306 |
| 邮购地址 | 成都市槐树街2号四川文艺出版社邮购部　610031 |
| 排　　版 | 四川胜翔数码印务设计有限公司 |
| 印　　刷 | 四川华龙印务有限公司 |
| 成品尺寸 | 130mm×185mm　1/32 |
| 印　　张 | 5.5　　　　字　数　80千 |
| 版　　次 | 2018年5月第一版　印　次　2018年5月第一次印刷 |
| 书　　号 | ISBN 978-7-5411-4989-4 |
| 定　　价 | 28.00元 |

版权所有·侵权必究。如有质量问题，请与出版社联系更换。028-86259301

## 书写感情的世界

我一生都在旅行，这本短篇集其实是我的生活迁移史。

十八个城市，十八则感情故事。幸福的感情，只有一种，不幸福的感情则有千万种。故事发生在那些我住过的城市，我把自己对城市的观察和情感写入十八个故事中。

这本书的繁体字版书名便是《感情世界》，我把发生在地球上不同角落的故事，联结成为一本书，象征世界和人生的一本书。

我一向喜欢契诃夫（Chekhov）和雷蒙德·卡佛（Raymond Carver）的短篇小说，尤其是卡佛。卡佛节约的文字影响了我。我知道，村上春树也很推崇他。我从他那里理解了短篇小说的创作。冗长的人物心理叙述远不如情境的描写，远不如客观地把周遭和氛围写出来，从而更能烘托故事的戏剧性。

我年轻时在巴黎学过戏剧，之后也当过演员和编剧，甚至电影导演，我的戏剧经验让我知道，直接投入人物的心理，设身处地去想象与模拟当事件发生时当事者的反应，我描绘人物的身体行为和情绪，对白因而产生。

我也曾对心理分析这件事感兴趣，长年住在欧洲，做过许多不同学派的心理分析，但最终归向荣格。在《在维林的房间》这个故事中，我刻画一个把血迹包裹起来的男人，不敢面对生活，直到他女友的出现，女友把他的过去掀开后，他和她都必须勇敢地活下去。

而在《之静的派对》中，我试图描绘人和人之间一种压抑的情绪，那种连对朋友都无法说出的秘密，其实孤独并非你独自一人，而更是你身旁有人，但你说不出你想说的话。我以为，这无非便是现代都会生活中经常存在的疏离感。

《勃拉姆斯 D 小调》这一篇非常短，我试图在短篇小说中表现一种极为无能的情感。又或者在《情感生活》那一篇，当历史走过，我只写下那一刻，"请进，我一个人在家，请进。"命运便已敲门。

我常常觉得，人生的一些事件，在当下可能不足以向外人道，但很可能就是一个人的命运决裂点，而作者不需要说教，只消把情节和情境准确地描绘出来，就能让读者以小窥大，一叶知秋。我努力做这样的尝试。

我是一个常常旅行的人，短篇故事集之所以发生在不同的城市似乎也是一种必然。我一向对异地文化充满探索的热情，故事描绘国外生活，以感情之名，写的人物多半是华人女性。

法国作家杜拉斯（Marguerite Duras）说过，她不喜欢温柔的情感。她的意思无非是说，其实温柔只是一种姿态，而她喜欢的是激情的状态，那种情感不会是温柔的。

我一直在想，过于粗暴的爱能如何表达？

已逝德国作家伦茨（Siegfried Lenz）曾经跟我提过写作。他有一个说法，作家最好和他写作的人物保持一个中等的距离。他是说,写作者不需要把自己的情感完全投入人物的书写,去描绘周遭发生的,反而更能使读者感同身受。我同意他的看法。

这本书大抵是用类似的书写态度来着墨人和人之间的情感生活,所谓的感情世界。

2018 年 3 月

# 目录

告别威尼斯 ...... *1*

正常的生活 ...... *11*

雪林街之夜 ...... *19*

在维林的房间 ...... *27*

幸福洗衣机 ...... *39*

你今天到底怎么了 ...... *47*

勃拉姆斯 D 小调 ...... *57*

那个女人是谁 ...... *61*

阳台 ...... *71*

巴黎的一天 ...... *79*

游魂 ...... *93*

之静的派对 ...... *105*

总得喝完这杯茶再走吧 ...... *111*

别忘了头上戴朵花 ...... *123*

谁来爱我 ...... *137*

请问,那是你父亲吗? ...... *143*

大马士革的女子 ...... *155*

情感生活 ...... *165*

# 告别威尼斯

我不知道确切是什么时候,可能是今年夏天吧,我开始不喜欢威尼斯。这城市是很多人的梦想,有人一辈子只想来一次威尼斯,而我却想离开。那是因为我太爱威尼斯了,我不想看到任何倾倒或下陷,而威尼斯正像一个雍容华贵的老妇人,随时可能骨骼断裂。

正因下陷的缘故,我才来到威尼斯。我在威尼斯大学建筑系做一个研究计划,这也是为什么我和南维在这里住了三年。

我们坐在圣马可广场附近一家有名气的餐厅里,我一直还习惯七点用餐,但这里晚餐九点开厨,餐馆主人见过我,提早半个小时让我们入座。

当我尝了一口他特别介绍的蒙塔奇诺红酒,才对服务生点个头,我的妻子南维以一手倚着她的脸,神情很严肃地说:"我们必须谈谈。"

我在美式电视剧里看过有人这么造句,亲爱的,我们必须谈谈。仅仅这句话以及她说话的样子,我已意识到我的人生地图开始出现了歧路。至少,我有这样的预感。

今天是我们结婚十周年纪念日,不然我不会这么不辞辛劳特别安排,但是她自始似乎对这个安排没有兴趣,我现在看出来了,她是勉强而来。我放下杯子,等她说第二句话,但她沉默了。

我们从南加州大学搬过来,前两年还好,虽然意大利文不是太溜,但生活还不算困难,学校宿舍正对着大运河,窗前美得令人不舍得将眼光移开。这一年起,我的研究室发生了好多事,大学主管常更改计划内容,我的心情也跟着起伏了一阵子,就在这时,我和南维的相处也出现了问题。好几个月以来,她常常先是咄咄逼人地将问题和责任指向我,然后便保持习惯性的沉默,而她沉默时,我便走开,我们两人都在逃避。

我想,也许,是我更逃避。今天,除了现在这种不愿面对事实的沉默，她反常地平静，那平静似乎隐埋在风暴之中，而我预感风暴即将扫过。"你说啊。"我说，双手抱在胸前，我总是这个姿势，不管在学校开会，或者和人聊天，我总是在等待着什么发生，我会等大家把意见说完，才发表意见。像看电视新闻，或者看体育比赛，从来没真的站在哪一边，我没什么立场，我只看着，等待比赛结束，对任何事我都很少有真正要表达的意见，很少。因为我逐渐明白，我的意见并不是那么重要。事情可以解决，或者往可以解决的方向进行，那更重要。

但此刻我极力想知道南维会说什么，这并不是"一个案子"或"一个论文题目"，这攸关我们两人，我们的人生。我看着我的妻子南维，她坐在我面前，有些愁眉苦脸，像个做错事的孩子。

我脑子开始像跑马灯般转了起来，是她父亲的健康问题？还是我想离职的事？这半年以来，我们除了家务事几乎不再谈话，我看得出来，我们一直努力不去碰触话题，我们逃避得很好。但是，我们究竟在逃避什么呢？

"我要离婚。"我的妻子终于说话了,然后她垂下眼睑。在这家盛名的威尼斯餐厅,这张靠墙最里面的餐桌前,墙壁上挂着镶框的油画,可能是马可波罗时期的作品,桌上小花瓶插着两朵新摘的玫瑰花,浆白的桌布上摆满餐盘和亮亮的刀叉、水杯和酒杯,四周都是人声,我听到邻座的年轻情侣正在用德文讨论他们要点的食物。

十年婚姻的结局,我没想到会以这种方式,在这里并且在此时。我没想到,这四个字会成为我们两人的对话,离婚?我们的婚姻会以离婚收场?我仍然双手抱在胸前,可能是餐厅里的暖气开得太足,我开始冒汗了,过去,偶尔在一些特殊、紧张的情况下,我会严重地不可抑制地出汗,现在又发生了。

"气泡水还是无气泡水?"服务生走过来询问,"无气泡水。"我很快告诉那位客气到底的服务生,希望快一点打发他。"为什么什么事都你一个人说了算,"我的妻子南维略微不悦地瞪着我,"你怎么知道我要喝什么水?"我被她的说法吓了一跳,"你不是都喝无气泡水?"

我也立刻反驳，"你还看我一眼，我以为你希望我做决定。"气氛又比本来更僵硬了，我有点后悔自作主张，但也有一种好意不被心领的感受，在我的人生中，我越来越常有这种感受。

"算了。"她说完便抿紧嘴唇，这是她的某种习惯动作，每当事情以非她所愿的方式发生，或者当她不知该如何下决定时，她便会用牙咬住下嘴唇。她已经注视着水杯很久了，她知道我在等着她，我在等她说话。

我的脑海突然闪过一个画面。那是三四个月前的一个晚上，当我在床上四处找一个衬衫扣子时，我翻身到她正躺着的位置那头，刚好看见她原先背着我的脸上都是眼泪。我觉得奇怪，那一天并没发生什么特别的，至少我那时那么觉得。"怎么啦？"我站起来走到她的面前，轻声地问她。"没什么，觉得很累，很累。"她在床上躺着，将泪水抹去，若无其事地说。

现在，这个画面几乎在我的脑里凝固了。"没什么，觉得很累，很累。"她好像又说了一次。此刻的我感到慌张，但我努力地掩饰，我说，"你觉得很累，对不对?"

"对,"她犹疑了几秒才说,"我认识了一个人,"她终于证实了我的疑惑。"一段时间以来,我一直活在两个人之间,我觉得很罪恶,很累,我没办法对你不忠诚,"我的妻子南维皱着眉头说话,我看得出来,她一定考虑了很久,"对不起。"

"是谁?"我问,我想我的眼神可能泄露了我内心的不满,她似乎更焦虑了,嘴唇抿得更紧些,"你认识,"我在记忆中搜索蛛丝马迹,"是不是我们研究室那个马可?"我希望南维否认,我希望不是那个意大利人,我一直不喜欢他,现在我知道为什么了。

南维却点了头,她看了我一眼,仿佛她知道我会如何接话,但我没接。

"多久了?"我问。"半年了。"她回答,她看我一眼,暗示我不要出声,因为服务生又出现了,这次是另外一个女生,她来为南维倒无气泡矿泉水。是十年前,我和南维结婚那一年,她刚念完加州大学硕士,跟我是校友,也都是建筑系,在我之前,她没和任何男人谈过恋爱，而我却已和三个女人上过床，都是短暂的关系。然后我遇见南维，我很快便说服她与我结婚。十年来，除了她，我没再爱过别的女人，没有，连想都没想过。

我不了解我的妻子南维，不，我永远都不会了解了。竟然是和我的意大利同事，我讨厌的同事，当初她还不愿意从美国搬过来，居然是和西方男人，她怎么了？是什么时候变的心？她说的不忠诚是怎么回事？是欲望还是灵魂？她到昨天还躺在我身边，她的身体好像便是我的一部分，由我自己所拥有一般，从来没有任何抗拒，从来没有，像一套合身舒适的衣服，像一副配好度数的眼镜。是我过于迟钝吗？我连自己妻子对自己不忠诚都无法察觉？

"这不是你的错，"她说，"真的不是你的错，你对我很好，我知道，"为什么她的声音听起来如此不对劲？如此令我难受？"是我对不起你，"她又说着，而我逐渐分辨出来，我逐渐明白为什么我觉得那声音不对劲，因为那声音里混合一种客观性和一分怜悯，而我不愿意她以这种语气对我说话。我不要怜悯。

我必须防御,但我不太确定我要防御什么,我不能眼睁睁看着我的生活就这样瓦解、崩溃,就像不断倾斜的积木。我无法相信我们的关系就此走至终点,她说走就走,就这样离开?

"你要住哪里?"我必须问她,因为房子是学校的,以我的名义租下。"我打算自己先找房子,"她喝着水,"我想先搬出去。"她看着我,眼神有些自责也有些无辜,但我宁愿看到她自责。

"为什么呢?你为什么不搬去与他住?"我忍不住反问,虽然我老大不愿意提起这位第三者。这位马可先生,是一个好大喜功的家伙,没有实学功夫,老是引经据典,虽然已婚,但女友好几位,还和系所学生发生关系。

"我不要和他住,"我的妻子说了,"他不会离婚。"她自然地说着,好像她所说的每一句话都没有什么不对,好像她说出来的话便是她的信仰。我想问她,既然可恶的马可不会离婚,那她为什么要离婚呢?但是我太骄傲了,我说不出来。

我只能沉默着，努力地回想，我们的关系，她的问题，我的问题，这一切是为什么？但现在我连问为什么也没有勇气了，我又想逃避。

我已经看见我自己一个人在黑暗的街巷走路。在寂静的威尼斯城，总是有人驾着快艇经过运河，河水那样晃动，那样晃动着古老建筑，晃动着威尼斯。为什么，为什么？人们总是这么无心，或者明明知道还要这么做，让威尼斯下沉？让美好消失？他们难道不知道那晃动的河水力道如何拉扯着威尼斯建筑？

我坐在餐馆的餐桌前，我追问自己：为什么？

我看见我站了起来，从这张靠墙的桌前走出去，走在回家的路上，走在威尼斯的小桥边。我留下我的妻子南维，她单独地坐在那里，像座雕像，我看见她以询问的眼光望着我，而我只耸耸肩。有问题的人是她不是我，我没什么好说，我也不会说什么。我看见我站起来，从餐馆走出去。

"先生，这是您的蔬菜汤。"客气有加的服务生又出现了，端上一大盘。

# 正常的生活

她穿着睡衣站在七楼窗口远眺圣保罗市区,车辆塞满了街道,似乎全动弹不得,整个城市像个瘫痪病人,躺在下面。她回头看他。

"你闭上眼睛,先不要动。"他从她身后抱她,吻她,又吩咐着她。她闭上眼睛,忍不住笑了起来。他拉着她,"不准张开眼睛,跟着我走。"

他在卡朗迪鲁监狱待了六个月,那是他从监狱回家的第三天,他们连续两个晚上又吃又喝,不停地做爱,都在床上,谈话谈到大清早,一直睡到下午才起床。

窗外远处的车辆喇叭声间断地响着,她跟着他走。她一向都跟他走,不管去哪里,发生什么事,他一向让她安心,直到他入狱。入狱后,她也是按照他的指示,找到他要的律师,才让他出狱。

"好,现在可以张开眼睛。"他把她带到客厅,放开她的手,以慎重的语气指示。她张开眼睛,看到的便是桌上一只LV新款包包,"哇,你怎么知道我喜欢的就是这款?"她看着他,并且感激地抱住他,然后,转身坐下来欣赏包包。

"我怎么会不知道,你是我女人耶,"他也坐下来,点起一根烟,"昨天逛街时,看到你的眼神我就知道了。"她赞叹般点着头,她爱听他说话的语调,那道地的葡萄牙语,完全没有任何外地腔调。

他祖籍温州青田,是土生土长的圣保罗人,父亲在自由区经营一家小餐馆,前几年被人暗杀后,小餐馆便转让给别人,他也因为父亲背了不少债务。她是在这之前来巴西旅行时,在愉港认识了他,她爱上他,两个月后她从中国台湾搬来巴西,和他结婚。婚后她才知道,他有债务秘密。

"你疯了,你什么时候跑回去买的?"她又惊又喜,又不放心,这使她的笑容看起来像必须忍着某种辛苦,"多少钱?"他们两人前天下午去自由区用餐,并在街上逛了一下,她在橱窗外多看了一眼。

"你先不要管多少钱,那不重要,"他的手机响了,是留言,他专心地看他的留言。她也想知道是谁的留言,她等着他,他一直低头在手机上写字。"我舍不得你花这么多钱。"她说,她的笑容逐渐不见了,表情忧愁。

"那不重要,你喜欢就好。"他收好手机,坐近她,拿起她的手,把它贴在自己的脸上,"你如果一定要我摘下天上的星星,我也会去摘。"他对她说。

"我不要你去摘天上的星星,"她把自己的头靠在他身上,在沙发上躺了下来,"我只要你找个正常的工作,我们过得去就好。"她等待这一天,似乎已经等太久了。

他弹掉烟灰,把烟拿给她抽,打了个哈欠,"福大等一下会过来。"她一听到这个名字立刻坐直身子,"他来干吗?"她完全忘了刚才的幸福,"你不是说你们已经拆伙了吗?"

"回来以后总应该跟他见个面,他要帮我庆祝一下。"他站起来,打算不理她。他走到浴室去刮胡子,她跟着走进浴室,在镜子里看他。"你在牢里他根本没去看过你,为什么?为什么现在才出现?"她提醒他,但他没回应。

"答应我,你不要跟再和他碰面,好吗?"她的眼睛里都是乞求,"你不要再走那条路了,好不好?"

他仔细刮着胡子,刮得干干净净,"见个面会怎么样?你不要想那么多。"他避开她的眼神,开始刷牙洗脸。她坐在盖上的马桶座上,把脸埋在双手里,一直没出声。

他擦干了手,站到她面前,抚摸着她的头发,"不要再折磨你自己了,好吗?"他的声音很温柔,她抬起头来,眼睛里都是眼泪,"你不在的日子,我好痛苦,我真的好痛苦,你知不知道?我一个人带着小安,有时候都不想活了。"

"我怎么不知道,你上次去探监时,我不是说你瘦了好多?你忘了,嗯?"他蹲下来,把双手放在她腿上,"你是我最爱的人,你不知道吗?"他抚摸着她,"那一天,你走的时候,我看着你的背影,你不知道里我心里有多难受，我对自己发誓，以后一定要让你们过好日子。"

"那你就不要和福大见面，好不好？"她看着他，小心翼翼地接着他的话。

"已经说好了，就喝一杯，吃个饭，"他离开浴室，去衣柜取衣服，"你不要紧张成那个样子，没事。"

她待在浴室没出来。过了一会儿，她走出来，闷闷地坐在客厅的沙发上，又过一会儿，她说，"难道你就不能找一个正常工作？过正常人的生活？"

他没说话。手机响时，他一秒钟便接起来，他说的是温州话，但她听懂了，"你到我家门口，再传个讯息，我立刻就下来。"他对电话说。

"你有没有想到小安，你有没有想到他需要一个父亲？"她急了，大声起来，但声音很无助，她几乎要哭了。

"他需要一个父亲？他父亲就是我，你在说什么啊？别闹了，过一阵子我带你们去看伊瓜苏瀑布，我们去度个假。"

"我不要你和福大见面。"她说。"我去去就回来。"他安慰她。"如果,你一定要去的话,我们就离婚。"她语带威胁。

"离婚?我不是说过不要提这两个字吗?"他不耐烦起来,又抽出一根烟。点上火后,他把打火机在手上快速地转着,他有一段时间没练习了,手技有点生疏。"你如果和福大重新开始,我们就离婚,这一次就彻底离了吧,我带小孩回台湾。"她的表情看起来很痛苦。

"我没说要和福大重新开始,这是你说的,"他苦笑着,眼光落在手机上,"你月经来了?"

"你不是答应过我以后要过正常的生活吗?"她流下眼泪,"你就不能做个正常人吗?这世界上就没有正常的工作吗?"带着泪眼看着他。

"有啊,怎么没正常工作?很多啊。"他不悦地收起打火机,转身要拥抱她,但她推开他,"我会弄到钱,我们会有钱,别担心……"他还没说完话,手机又响了。

他站了起来,穿上夹克往外走。"你别去。"她跑到门口阻止他,但他没理她。他打开大门时,他母亲正好带他们的儿子小安回来,就站在门外。他亲吻了母亲,也亲吻了儿子,他要亲吻她时,她一脸惊慌,往后退。

"我出去一下,很快回来。"他对母亲说,摸摸儿子的头,又看了她一眼,才快步走开。她像醒悟般追了上去,但电梯门已合上,她急忙奔向楼梯,疯狂地往下跑。

他的母亲和小安站在走廊上,两人还不知道发生了什么事。从走廊上的窗口望出去,圣保罗市区的大塞车仿佛仍毫无动静,车辆的喇叭声仍间歇在远处响着。

## 雪林街之夜

"啤酒应该够我们喝个三天。"李赛芬打开冰箱回头告诉坐在沙发前的阿梅。阿梅啜着她手上的啤酒说,"你喝啊,喝完你就打电话,你今天非打不可。"她跷着腿,盯着李赛芬,手上一根烟的灰烬几乎要掉在地板上。

她们这次二人同行到欧洲自助旅行,这一站专程来慕尼黑,住在慕尼黑大学附近雪林街一家民宿,民宿还算大,两个房间,附带厨房。她们一大早逛过林芬堡,在博物馆旁的伊萨河上看过好多慕尼黑人在急流上冲浪,并买了许多食物回来。

李赛芬取了啤酒走回阿梅身旁,"为什么非今天不可?"她的脸已转成酡红,随手拿起一颗葡萄吃着。

"非今天不可,因为今天是你的生日,你打完这通电话才能重新开始,我们说好的。"阿梅字字清楚地说,她把赛芬的手机交给她,"你还有他家的电话号码吧?打吧,现在九点,再晚就太晚了。"

"万一他女友接电话呢?我又不会说德语。"赛芬坐在深陷的沙发里,她轻笑着,语气有点犹豫。"这年头谁不会说英语啊,我就不信他会娶一个不说英语的人。"阿梅不以为然。

"好吧,"李赛芬从沙发里振作地坐起来,略微发胖的她,正在整理她的头发,并从后脑绑上橡皮筋,"我不能再喝了,我也不能再抽了。"她拿起手机,喃喃地说,她在脸书上发了一则短讯给他,然后低着头等着回音。

她只写几个字:欧阳,我在慕尼黑。

她拿着手机在客厅里走来走去,阿梅一边看着CNN,一边坐在沙发上看着她,过了好一会儿,对方一个电话进来,李赛芬放下啤酒瓶,坐了下来,紧张地接听起电话,"喂。"她小声地说。阿梅关掉电视,走入卧房。

她已经整整三年没跟欧阳讲过话了,突然间她觉得脚底冰冷,她坐在沙发里的身体几乎缩在一起。"还不错,你呢?"她低着头说,接着笑了,笑声听得出来紧张。他们说了一会儿话,不外问候寒暄。

你那道疤好了没?阿梅听到赛芬小声地问他。

阿梅忍不住从卧室走出来提醒,"说啊,跟他说Sorry啊。"而赛芬没理会,只顾聆听着电话,一直浅笑着,然后她与欧阳讨论起她的编辑工作。

赛芬在一家出版社做编辑,这是她第一份工作,她已做了三年,当初接下这个工作时,刚好与欧阳分手。欧阳骑摩托车送她到出版社上第一天班,她要开始编辑她的第一本书《亲密关系》,就在她转身要上楼去时,欧阳站在公司的大楼门口告诉她,他认识了一个在台湾教德文的德国女生,他想和她一起去德国。

就是这么一天,一个其实很平常的炎热夏日,那天风沙很大,李赛芬穿着裙子,风沙不客气地吹向她,她按着裙角,站在行人匆匆的大楼门口,看着戴着头盔的欧阳。就是那一天,她开始了一份工作,结束了她的初恋。

那一天她还没二十五岁,她迎面接受一个人生重击,他们站在骑楼下约定晚上再谈,然后欧阳跨上摩托车扬长而去,从她所站的骑楼下的位置迅速地驶去,从她的生活中再也不回头地驶出去。

那个晚上,他们在她的住处谈了一夜,她喝了一些红酒,他也喝了一些,她问他,"真的要走?"他想了很久,"对,我受不了这里的生活,我真的要走。"她无法控制地将桌上的红酒瓶砸向他。还好没砸中他的脸,酒流了下来,血也流了下来。

有好几个月,她先是失语、自闭、消瘦,之后,她开始夜夜狂欢的日子,有很多男人注意到她,也有很多男人追她。食物和男人她全都来者不拒,打开自己的嘴和腿,也打开自己的沉默之心,像花瓣打开、盛开、凋萎及掉落。

她在设法报复欧阳,她找不出什么方法来面对突然消失的情感,尽管他们在一起时痛苦比快乐的时候还多,但分手后的欧阳就像蜕皮后的蛇,留给她的只剩一层皮，一副空洞、死亡的壳。

她不知道别人都是怎么活过来的，她也忘了自己是怎么活过来的。

"跟，他，道，歉。"阿梅在赛芬身边轻喊着，她无可奈何地摇头，看着赛芬。赛芬还在跟欧阳谈书，故意把身体转过去背着她，"除了那里的人，这个工作我还蛮喜欢。"她没换工作，现在都在编心灵类的书。她仍然低着头，仿佛在看自己搽上红色指甲油的脚趾。

"解开心结，你才能重新开始。"阿梅抽着烟，递给她一张字条，来慕尼黑前，她便不断地提醒她这件事。"嗯，嗯……"赛芬看着字条，头也没回地猛点头，也不知道是在回应谁。她在听欧阳讲话，她吞下一大口啤酒。

"我来跟他说，"阿梅一把抢过手机，"我告诉你，欧阳，我们从昨天晚上开始，整夜没睡都在讨论你和小超。"阿梅认真地说，赛芬则捂着双耳不愿听阿梅的讲述，她很快站起来，不小心把置于桌边的啤酒瓶打翻，啤酒沿着桌布漫延下去。

"你不知道的事情才多了，"阿梅继续说着，赛芬急着要把手机拿回来，"好吧，好吧，重点是我告诉赛芬，她必须原谅你，才能重新开始，不然她会一直活在恨里，走不出来，就像我和小超一样，对不对？让赛芬自己来跟你说。"阿梅将手机交还赛芬。

这次旅途是阿梅的主意，她一直走不出小超的阴影，整个旅途多半是她在谈论小超，她觉得小超的女友心机和阴谋很重，对小超未来人生的影响将会很糟。阿梅说了那么多，最后还是一句老话：好吧，我们放下，重新开始。这趟行程因此叫放心之旅。

赛芬拿着手机走出房间，站在雪林街的阳台上。阳台前是一栋优雅的老式公寓，左侧有一家咖啡馆，坐了好些时髦好看的人。"……欧阳……我们可以当朋友吗……"赛芬好像不知道要说什么了。

阿梅已听不见站在屋外赛芬的声音，应该是醉了，身材很好的阿梅打开音响，只穿着胸罩和牛仔裤的她，在房间跳舞。整个房间充满了烟雾和酒味。

当赛芬从阳台走进来时，阿梅已经累得躺在沙发上了,她问,"你们说了什么?"

赛芬坐上沙发,掩着脸,仿佛一百年没睡,那么疲倦。阿梅仍然在等她的答案。赛芬抬起头来,脸上有点哀伤,"他说那道疤痕几乎看不见了,"她平静地说,阿梅坐起来,点起一根烟,李赛芬接着说,"他问我为什么要道歉,他说,他不是什么好男人,我不必原谅他。"

两个年轻女人对视了一眼,一阵无语,随即便不约而同地笑了出来,越笑越大声,笑声持续了好久,她们才一起走到阳台,看着慕尼黑的街景,咖啡馆外坐了好多人在轻声谈话。

雪林街一个安静恬适的夜。

## 在维林的房间

在往九龙的路上,美优一路想象着她未来的房子,她想要把她喜欢的窗帘挂在维林的房间。

过了海底隧道后,美优吸着烟,对小卡车司机说,"一路行前,转左就是了。"她再度按起手上握着的手机,电话还在占线中,她又气又急,虽然知道维林没开手机且一定在上网,但她心里突然有个奇怪的念头,是不是维林发生什么事了?但什么事呢?她还没时间深思。"小姐,前面唔可以停车。"她正要回答时,正好看到维林已站在公寓大门口向她招手。

维林和美优已认识三个多月了,若加上信息聊天的另外三个月,两人认识就半年了。美优住南丫岛,这一阵子她每个周末都会到维林家来。最近,美优找到一份英语幼儿班老师的工作,他们决定住在一起,由美优搬到九龙来。不知为什么,此时此刻,都整船整车把家搬过来了,美优却突然觉得自己不应该这么做,她很想叫卡车司机回头,但是维林已冲过来帮忙了。

看到身体颇壮的维林开始搬动卡车上的盆栽,还有她的古董桌椅——那一桌二椅是她父亲送她的生日礼物,她想她一辈子都会带着它们——她略略觉得安下心来,把烟丢在地上踩灭了,付了钱给司机,就和维林把她的家当全搬了上去。

在维林的几趟搬移下,她的家当全上了楼。她不敢相信自己这么快便搬来了,记得在网络上聊天时,她问他住哪里,他说住九龙,老公寓,四房两厅;一个人住还是跟家人住?一个人住,顶楼还有一个大阳台,大到可以骑自行车。有没有搞错?她问,一个人住那么大的房子。

维林真的一个人住那么大的房子,房子老但气派,家具设备应有尽有。这是为什么她搬家前便把电视冰箱都卖掉了,只留下一些她喜欢的物件。这幅画放哪里?她问维林,这是夏加尔版画,不是真迹,但绝对是真的版画，且当初裱画和选画框时花了好多心血，她对他解释。他不懂夏加尔。

"你想放哪里就哪里，"维林漫不经心，从纸盒中抽出卫生纸擦汗，"好冇?"他并不是那么有兴趣想知道版画的事，说完他走到冰箱前取出啤酒，一骨碌就坐进沙发里，那只L型的皮沙发。打从美优认识他起，他大部分时间都在自己的房间，只是偶尔坐在沙发上。

维林不常出门，这点美优很清楚。维林没有工作，他的父母都死了，父亲死于空难，有一笔家属赔偿，三百万港币吧，加上父母留给他的钱，维林从来不愁吃穿，从来没认真去找工作。

维林整天没事都在上网，美优如果说他，他就会反击，"有没搞错，如果不是我喜欢上网，我们会认识吗?"美优无从回答他，也无从叫他去找一个正当差事，他比她有钱，而且"一个小时三十二元的工作能做吗?"虽然偶尔他也承认，银行存款只会变少不会变多，"一个人唔做野，会坐吃山空。"美优不敢问他还剩多少钱，也不敢问他太多关于他父母的事。

维林的父亲四年前死于空难，丧事才办完不到一年，他的母亲也自杀过世了。那一年他二十六岁，是独生子，家里亲戚不多，他原先有个女朋友，女朋友去广州工作后，两人关系变淡了。维林没说明原因，但美优可以想象，那女孩可能想找个正当人家嫁了，维林却没生涯规划。她可以想象别人很容易便离开维林，但她自己却不行，她曾有过要离开维林的念头，但最后总是舍不得。

他这个人哪，很聪明，对人很好，她总是向她的朋友这么提到他，但却不提缺点。他是大宅男，不但没工作，连朋友都很少。不要说生涯规划，维林根本什么打算都没有，美优到最近才搞清楚了，这世界上如果有那种过一天算一天的人，那么他便是一个。

她真的想过要和维林分手，她本来年纪便大他七岁，她的家人都说七岁差太多了，且差七岁当夫妻不会合只会离。但是她已爱上他，好几次，她考虑了很久，最后她不但不分手，还决定搬来和维林住。

你们女人都很极端，不是分手便是要结婚，维林做下评语，表情有点不屑。本来他不想和任何人同居，他嫌麻烦，但是美优不同，他做了让步，她比他前任女朋友漂亮，人又务实，非常聪明，可能比他聪明，他可以想象和这种女人住在一起是什么样。

好吧，就来试婚一下好了，他传上一张照片，他坐在他家的大阳台上，后面是他那辆只放在顶楼阳台的名牌自行车，上面写着 Welcome。

"你唔是话会打扫先吗？"美优把她的大皮箱拖进公寓。房子大约三年多没有好好打扫了，母亲过世后，维林一直保留房子原来的样子。美优第一次走进来时便啧啧称奇，她不相信有人这么懒，懒到三年不打扫。她开始帮他打扫，也是最近的事。他答应过她，在她搬来前他会彻底打扫。她对他没能如约感到失望。

"我睡哪里？"她在客厅坐了下来，又燃起一根烟，然后明知故问了一句。维林不耐烦地比了一个手势。她站起来，直直走去那间对她而言有点神祕的房间，这是她第一次走进去。

才打开主卧室的房门，美优被眼前的景象吓了一跳,所有的摆设都如同这房间里一直住着人,什么东西都没变,连拖鞋都在床边,一股老人腐朽的味道。她倒吸了口气,走回客厅,"你不是说会先整理好吗?怎么这样不守信?"这是他们的计划,搬来以后,他们会睡这房子最大的一间,以前是维林父母的房间。

"不知道从何整理,就想等你来再说。"维林忐忑不安地看她一眼,站起来去拿吸尘器。"哎呀,要先把这些东西搬走,把衣服送出去嘛。"美优合上衣柜,坐在床沿,房间逐渐有一股寒意,她可以感觉到这里曾住过一对老夫妻,丈夫过世后,妻子在这间房里忍受无尽的悲伤。"对了,这里有股挥之不散的忧闷之气,会不会风水不好?"美优站起来,她拿起床头维林父母的合照,"譬如说,这要摆那里?欧阳先生?"她回头看维林一眼,维林倚在门边,"你决定就好,唔问我。"

我真受不了你,美优心里这么想,她得先把自己的东西从纸箱里取出来,才能装下房间里的物品。要用多少个纸箱才能装完这些鬼东西呀?或许她应该放弃住进这房间的念头,但是其他房间都不够大,美优开始发出疑问,"你到底希不希望我住进来呀?你好像根本无所谓似的。""怎么会呢,不是讨论过了?我连欢迎卡都寄给你了。""是吗?我实在一点都看不出来你很欢迎我。"

维林走开了。他没办法和女人争吵。他交过三个女友,前两个都喜欢吵架,他实在怕极了。他也想过,如果美优也这个样子的话,他一定要分手,但美优从来没和他吵过架。他希望,不要才刚搬来,一切又回到原点,千万不要。

维林走向自己的房间,二十多年来他一直住在自己房间,从他出生后他都住在这里,说真的,他也不确定他是否可以搬出自己的房间,和美优住进他父母的房间。

他的活动空间一直是他自己那间。他在那里上网听音乐玩电玩,甚至吃饭,每次美优来看他时,他也和她在这间房间做爱,然后挤在一起睡。他突然觉得那样的日子也不错。他其实一直刻意保留着父母房间的原样,尽量不去动它,仿佛他父母还住那里,有时他会探个头,确定没人,他们只是暂时出去,晚一点会回来。

最后一次看到母亲也是在父母的房间，母亲什么遗言都没有，丢下他便走了。那一天，他出去应聘工作，没被录用，回到家中，看到桌上还准备了给他吃的饭菜，他在客厅里看了一会儿NBA。妈，他喊她，父亲去世后，她大部分的时间都待在她的房间里，偶尔会出来和维林说两句话。妈，他走到她房门前，没听到任何声音，他想她是睡了，他在房间门口站了一会儿，才走开。

那个晚上他睡得极不安宁，一度以为母亲在他房门口叫他。他起床走到客厅，客厅里的大鱼缸里，两条红龙还悠闲地浮游着。他看了好一会儿，回头又睡了，此后睡得很沉。

他和父亲的关系一向不是很和睦，从小父亲对他的要求很严厉，父亲的死亡虽然是一个沉重的打击，但他觉得生活好像轻松多了，他没什么问题，只是找不到工作。还好，他和母亲的关系很亲密，他几乎什么事都会跟母亲谈。

他没想到的是母亲会这样离开他。不止一次，他责备自己，那天晚上他若警惕一些，这世界便完全不一样，母亲便不会早走。根据警方和法医的说法，母亲死亡的时间大约是他进门之前的半小时。才半小时，他怪自己慢了半小时，致命的半小时，母亲的死全是他的错。

有时候，他想，妈走是对的，她是那么不快乐，从父亲过世后她无时无刻不是满脸愁容。那愁苦也给他好大的压力，有时他必须走上阳台待上老半天，他担心母亲，所以尽量少出门。母亲说过，她想早一点去陪他父亲。她说过无数次，他却没警觉到那是暗示，是他，是他让母亲就这么走了，他原来可以阻止她的。

所以你现在才天天待在家里不出门，连找工作都免了。美优曾经这么告诉他，真是一语中的。那的确是这些年来他的写照，他留在房子里陪着他死去的母亲，当他这么想时，随后便是一种不满的感受，他母亲根本不在乎他，她只爱她的丈夫，她的儿子根本不重要，至少没重要到可以为他活下来。紧接着，一种庞大无法面对的茫然便笼罩向他。

答应让美优搬进来，对他而言，是一个极大的人生改变，他仿佛已知道他可以这么活下去，和美优一起活下去。在母亲过世后，和美优在一起使他觉得生命还有点意义，所以当美优问他搬进来以后要睡哪里时，他有点犹豫但还是做了决定，他们可以睡那间他父母以前住的主卧室。

他仍坐在自己的房间里，听到屋外美优的呼叫声，便走向客厅。美优却不在客厅，他带着混合着奇怪的情绪走向父母的房间，美优站在里面。刹那间，他有一种错觉，以为他看到的人是他母亲，他心跳起来，然后他看清楚了，那个人是美优。是美优啊，他放心地看着她，"怎么了？叫什么？"他问。

"维林，我没办法收拾这间房间。"美优站起来，他看到她的脸上有泪，她向前一步并掀开床罩，"你看，是血迹。"被单和床单上都血迹斑斑，美优慌张至极。他忘了，他都忘了，"是的，是的，我妈是在这床上割腕自杀，对不起，我忘了收拾。"他急了，他是真的忘了，或者怎么说呢，他真是一点都不想记得。

那一天，当他把母亲遗体送走后，他唯一做的事情只是把床罩盖上，其他什么都没做。"你要我们睡在这里?"美优看着他，"这床单都发出恶臭，你从来没注意到吗?""没有，"他摇头，"我真的没注意到，"他用几乎快生气的声音，"如果你不要睡这边，你可以挑别间嘛，我又没有逼你住这里，"维林用力伸手把沾了血迹的床单一把拉起，丢在地上。美优突然闻到一股恶臭，很快便冲到浴室去。

她在浴室里洗手洗脸，然后伤心地哭了。她听到他在敲门。她打开门，看到他那张无辜的脸，他似乎有点恍惚。他们二人都沉默无语，好一会儿，他问她，"你可不可以帮我一起整理那间房间?"他说话时眼睛一直看着她，表情像个闯祸的孩子，担心挨骂。

"拜托，你今年几岁呀?"美优对他嘀咕了一句。美优在浴室时便想过了，她只有两条路，一是跟他一起生活在这个阴魂不散的房子里，二是永远离开这个可怜的家伙。

但她没想到的是，维林会问她这个问题。"好，如果要收拾的话,"她对他说,"我只有一个条件,我们现在必须就开始动手整理,必须整理得干干净净,你不觉得这样,你爸妈在那边会更高兴些?"美优告诉维林,他笨拙地握着她的手,努力挤出话,"你住下来好不好,如果可以的话,永远住下来好不好?"

"永远住下来?"美优看他讲得那么困难,好像在演话剧似的。在任何想法还没出现以前,她忍不住便笑了起来。

# 幸福洗衣机

她每一个礼拜洗一次衣服。每个礼拜天早上，像教会固定举行礼拜一样，她洗衣服，在三房两厅的公寓找出一切可洗的衣物，无论晴天或雨天，她总是把洗得干干净净的衣服整齐地晾在阳台上。那些微湿的衣服，一件件像记忆的尸体般，水汽挥发，慢慢变干。

新的洗衣机是德国厂牌，不但是优惠价，而且可以分期付款。她在 ALDI 超市研究了很久，圆筒式的洗衣槽还带有烘干功能，她于是便买了。一天都不到，洗衣机就运来了，还附送一双兔子毛绒拖鞋，她的女儿穿了三天，一只兔子的鼻子掉了。

她原来的旧洗衣机其实还可以用，只是每次脱水时会像怪兽般地鸣叫。她打电话问她前夫李伟要不要，他在那头大概用电剃须刀刮胡子吧，含糊地应着。她不确定他是在应答她,还是身边有人,她挂上电话。

女儿的钢琴课在汉堡市区处女堤附近,每个星期一次,也是礼拜天,她送她去,去 ALDI 超市买东西,再去接她回来,她会给女儿做她喜欢的南瓜汤或鸡汤。女儿最近都在练习巴赫的 Chaconne,她重复听也不觉得烦,只是邻居敲过墙壁。

她一向很羡慕女儿的音乐天赋,还有她弹琴时那沉静的模样。小时候,她常被父亲骂,因为她弹得比竹林国小的女生差,教弹琴的牧师太太说,没有人一本初级拜尔弹半年,除了她。

大学毕业后,她来汉堡读书时认识李伟。结婚后,她忘掉遥远的历史教训,又想学钢琴,还要李伟陪她去听李斯特钢琴演奏,整场音乐会他都在睡,到终场才醒过来。才走出音乐厅,他的手机便响了,因公司有急事要他出差,他匆忙地回家。之后,他们就没再听过任何钢琴演奏会,再不久她就离婚了。

她结婚十五年,离婚五年。她先生,她常常这么提到李伟。其实不能再叫先生了,你们早就离婚了,前几天，她一个德国女友好心地提醒她，是前夫。那晚，她觉得黯然，德国女友一走，她便打电话给李伟，问他什么时候来搬旧洗衣机，他若不要，也得搬到回收站，她的车子太小装不下，她希望他能帮忙。

我的车子也装不下，他说，他在看一部电影，她没敢问他是不是一个人看，便挂了电话。他们虽离婚五年了，但她似乎还和他生活在一起，当他只是搬出去而已，有重要事情还是找他商量。

他们认识时，她问过李伟，为什么喜欢我？在汉堡港口，面对大西洋，她穿古罗马人穿的那种皮带凉鞋，在港口路上走。他说，没有原因，可能是因为你的脚吧。他说，从来没看过那么好看的脚。他总是怪腔怪调，但她还蛮喜欢这种调调。

洗衣机现在已完全没有动静，她把衣物拉出来，丢进衣篮里。她从来没想过他们会离婚，但和他在一起生活，她变得歇斯底里，他是一个完全没有责任感的男人，而且心太软，容易上女人的当。她觉得她必须和他有距离，但他搬出去后，她一个人带着女儿，头两年的日子几乎快崩溃了。

前一个月的某一天傍晚,她和女儿又去海港散步,二人在桥头遇见一名坐在轮椅上的德国老人,他的妻子陪着他,他对她们说,人在桥上走,水在桥下流。他不停地点头并微笑。过一会儿,跟他一样满头白发的妻子就将他推走了。她听懂他的德文,但不懂那话的意思,却来不及问他,她也不确定那个人是否是名失智老人。

她把所有洗干净的衣物一件一件地挂在阳台上,然后坐在阳台的躺椅上。她不确定李伟到底需不需要洗衣机,他先是和一个德国女人住,后来又和一个波兰人合租公寓,最近又搬去一间单人房间的公寓。

她没去过他的住处。凭着他们的谈话,拼凑出一种印象,他住的客厅里有一套沙发,沙发套上有咖啡渍,满地是杂志和狗毛,她知道他的音响一天到晚都对准摇滚电台 NRJ,他晚上大约十一点以前到家,会躺在沙发上喝一瓶啤酒,白天他会坐在沙发上看电视新闻及读《明镜周刊》,他会拿着手机在客厅里踱来踱去。她知道,她都知道。

那些年的婚姻生活,是她人生最重要的时光,毕竟是青春,有太多的怀念。开车时,他眼光会注视着前方,他常说,现在不要烦我,我必须专心。但也有太多的嫉妒和悔恨,他会和女同事去喝咖啡,过街时会不经意地扶着她们,他到哪里,手机都会响,他会接电话,不管是谁,除了她。

以前,他们一起出去,她总是习惯走在他身后,她喜欢看他的背,她走在后面,左思右想,等他回头,等他对着她笑,拉着她往前走。他爱过她,爱过了。他也这么用德文告诉过她。Ich habe dich geliebt。也许她没爱过他?他走后,她开始这么想。

已经中午了,她必须打扫房子,但她却仍然坐在阳台的那把躺椅上,看着晒着的衣服发呆。是不是因为这台新的洗衣机,她的心情也改变了?

刚离婚时,曾经半夜哭着醒来,拨过电话给他,他在睡梦中先是无语,然后严肃地说:为什么我每次都必须分担你的沮丧?她放下电话,望着沉睡的女儿,电话突然又响了,是他,他说:如果睡不着,喝杯热牛奶嘛。她回答他,牛奶喝完了,就挂上电话。第二天早上出门上班时,发现门口一箱牛奶。

她渐渐习惯了,没有他的生活其实也蛮好的,她不习惯的只是离婚这个名词。一次搭出租车,粗壮的金发出租车司机问她结婚了没有,她说离婚了,然后就一路沉默,不想再搭腔。下车时,司机递一张名片给她:多多联络,我也是离婚的人。她将那张名片丢进垃圾桶,那是第一次,她觉得离婚是一件悲哀的事。

前几天,她楼下搬来新邻居,一个叫 Rémy 的法国人,来向她借洗衣机洗衣服,她答应了。他来洗过衣服,和她聊过天,问她是不是留学生,玩不玩撞球①。我?我四十二岁,女儿都这么大了,还用手一比。他学她的模样说话,女儿这么大了?四十二岁不能玩撞球吗?

昨天,她和他去打撞球,他还请她喝了红酒。她觉得很讶异,四十二岁了,还有年轻人会约她,她猜 Rémy 大约只有三十岁。他们一起到家后,她让 Rémy

---

① 即台球。

上门,并且向他介绍了女儿。

离婚那天,天空万里无云,在汉堡法院,李伟匆匆忙忙坐出租车赶来。"你又迟到了。"她平静地看着他的蓝夹克,那件她大减价期间替他买的双穿夹克,里层是苏格兰花格绒布,那件他很少穿似乎也没洗过的夹克。他点上一根香烟,站在走廊上和她一起等法官,他没说话,她靠着墙壁也没再说话。

那天刚好是过旧历年的前两天,签完字,他垂着眼睑说,噩梦一场,噩梦一场。然后故意露出一种轻松又狡猾的笑容,转身走了,留下她站在马路边,迎面是一片扑面而来的灰尘。

门铃响了,是Rémy。他说,这个周末我们出去走走吧。她用手示意女儿离开客厅,回她的房间,但女儿不理她,仍然蜷在沙发上读她带回来的杂志。她因此说话声量放得很低很低。Rémy说,我们三个人开车到席尔特岛走一走吧,顺便把你那台旧的洗衣机送到回收站。

她看着Rémy,心里突然闪过一个念头,她好久没想到她的前夫李伟了。

# 你今天到底怎么了

再没有一个日子比八月二十五日这一天更让李美芹惴惴不安了。

八月二十四日那天,她先是在她经营的花店里忙到傍晚,送了一盆插花到亚特兰大大道,然后回家,匆忙开车将儿子送去同学家过夜,以便让儿子明天一大早和同学一起去上州露营。接着,她必须送一张支票到曼哈顿,在塞车路上,她再度拨了移动电话给何依。

"谢天谢地,小何你终于接电话了,我今天晚上可不可以去找你?"她急促地问。

何依是她在台湾的大学同学,她们虽都住在纽约,认识多年了,但各自都忙,并不经常见面。何依刚刚回家,她说,"你怎么了?手机上全部都是你的留言。"从声音听得出来她已经感冒了。

"去了再告诉你吧,我待会儿就过去。"李美芹将车开上布鲁克林大桥,一边紧张地说。何依不置可否,"到底怎么了,为什么这么急?"

李美芹到何依那里时已经晚上十点半了,何依都准备上床睡觉了。李美芹一进门便送上一大束自己花店带来的花,"喏,我自己插的。"花很好看,但她看起来气色极差,连头发都乱成一片。

"拜托,你究竟怎么了,我等了你老半天,"何依口气些微不悦,"要喝点什么吗?"她回头看着李美芹,李美芹眯着眼睛点点头,"有白酒吗?"她问,声音有点疲倦。

"明新不在吗?"李美芹从何依身后打量她,想知道何依是不是胖了。

"我和柯明新已经分手了,"何依语气平淡,"你呢,三更半夜的,有什么事?"她倒了一杯白酒递给李美芹,自己倒是不喝。

"你怎么说分手就分手,一点都不犹豫?"美芹脱了高跟鞋,"明新现在人在哪呢?"她看着没有表情的何依,"你怎么都没告诉我?"

"我觉得没什么好说的吧,他常去北京。"何依很淡定,"和严长安还好吧?"

"还好,还好,没有不好,可能太好了些,"她啜了一口酒,"我今天睡你这里啰?"何依取下眼镜正在擦拭,"可以啊,你今天到底怎么了?"

李美芹看起来很庆幸的样子,她吐了一长口气,"你知道吗?你救了我。"然后,她放心地坐在狭长厨房靠边的位置上喝着酒。

"小何,明新不是会有外遇的那种人,你知道的,"李美芹说,"至于我嘛,我也没有,就算有,也是过去式了。"她拿出烟盒,"可以抽烟吗?"何依点点头,然后两个人便面对面,沉默了一段时间。何依于是给自己倒了一杯酒。

已经过了十一点了,黯沉的哈德逊河边,四周寂静无声。

"我跟你说,你这栋房子绝无仅有,哈德逊河景耶,你不能给柯明新,一定要自己住。"李美芹郑重地告诉何依,过一会儿,"你还记得吧,曾经有算命的说我有克夫命,最近一个说我明天会有事,八月二十五日这一天,我不能与严长安见面,见面的话,他便完了。"李美芹仍然看着窗外,"再过半小时,便是八月二十五日了。"美芹对着窗外说话。何依则看着厨房柜子上的钟一秒一秒地移动:二十三点十五分六秒。

"你就这么相信算命的人?哪有这么奇怪的事都可以被他们算出来?"何依有些不以为然,"严长安知道今天晚上你会来我家?"何依问起。

"是啊,我说我来你这里,说真的,何依,我俩多少年了,都没有时间好好说话。"李美芹轻笑着,拿出她的手机,关机,"今晚可以好好聊聊,你也得详细告诉我,你和柯明新是怎么回事?"

何依打起哈欠,"我还是不相信这种算命的说法,太武断了。"

李美芹立刻打断她,"你可别这么说噢,我不是问一个人,我还问了第二个人,Second opinion,二人的说法都大同小异,"她带着埋怨何依的眼光,"一个台湾人,一个泰国和尚,不由得你不信。"

"尤其是泰国和尚,我们根本不认识,但他却可以算得出来严长安几岁,职业是什么,他连我家客厅的摆设都知道,好可怕。"李美芹连连摇头。

"我得喝咖啡才行,不然我会睡着,"何依站起身煮咖啡,她又回头问,"少来了,怎么可能连客厅摆设都知道?"

"二人的说法真的差不多,"李美芹说,"他们都说今年会有麻烦,我一直追问,泰国和尚才勉强告诉我,八月二十五日这一天要注意。"

何依的家用电话响起,李美芹神情不安,她以为是严长安打来的,但是打电话的人却是柯明新,他人刚回纽约,想来何依这里。

"李美芹在我这里,我们在谈事情,"何依仍没有表情地说,似乎有点不耐烦,"她当然在,我可以叫她来跟你讲,如果你不相信的话,"柯明新大约不肯挂下电话,何依走出厨房,一直走到美芹视线不及的地方,"明天也不行,你如果一定要的话,下礼拜再打电话来。"美芹听到何依的声音,她知道柯明新仍在电话那头说着，最后，何依终于撂下重话，"我要挂电话了，不想再讲了。"

何依回到厨房时，李美芹还在望着窗外，一脸都是眼泪，她看着何依，何依走过去拍拍她。李美芹站了起来，抱着何依哭了，"没有人了解我，真的没有人了解我，我以为他们了解我，其实一点也不。"她说，并坐回桌前，"有什么好哭的？"何依不为所动。

"这可能是我逃不过的一劫，"李美芹擦了鼻涕，"是不是我做错了什么？神明以这个方式来惩罚我？"她望着何依，何依又给她倒了白酒，"哎呀，就算他们说得很准，过了今天不也无事了？"

美芹开始折起纸巾，她说，"今天的事情你全部都不能让长安知道，你得发誓。"何依没搭腔，美芹以询问的眼光注视着何依，何依才不耐烦地点了头。

"前两年，我瞒着长安有一段外遇，那段关系到今天都没有真的结束，"美芹抽起一根烟，"长安一直不知道，那个人住在波士顿，我每两个星期都会飞去和他见一次面，两年中，我心里只有那个人，每天都在想着他。"

"严长安真的不知道吗?还是装不知道?"何依一边问一边思考着,美芹抬头看着她,"我也不确定,我想他大概不知道吧。"她的眼神里有一丝茫然。

"长安真的很爱你,看得出来的,"何依心平气和地评论,"虽然我和他不熟,上次看到你们在一起的样子,我很确定,他爱你。"

李美芹叹了口气,"我知道,但,他的爱让我感到很不自由,好像关在豪华的笼子里一般,"电话声再度响起时,何依以为又是柯明新打来的,但却是严长安,他要找美芹。何依望向美芹,美芹不断地对她挥手表示不接电话,何依只好对长安说,"你等一下。"她按住话筒,走近美芹。

"我不能接他的电话,我不能和他有任何接触。"她提醒何依并压低声量说,"那我要说什么?"何依也小声地问。"说我太累,已经睡着了。"李美芹回答。

"美芹太累了,她已经睡着了。"何依用抱歉的声音对长安说话,但严长安没挂上电话,小何想都没想便说,"可是她睡得很熟,我叫不醒……"她放下电话,看着李美芹,李美芹正故作无事地给自己倒杯白酒。

"同居八年后,本来我们打算今年年底结婚。上个月有一天我提前下班回家,发现他和他的女同事躺在我们床上。就这样,他当天被我轰了出去。"

戒烟多年的何依也拿起一根美芹的烟,李美芹为她点上火,"就这样,一切好像电影情节,只是事情发生在自己身上。"

"哪一位女同事?哪里的人?"美芹开始好奇起来。

"女同事是谁一点也不重要,反正事情已发生了,是谁都没关系,"何依呛了一口烟,"柯明新当然道歉一万次,说什么她挑逗他……"她平静地说着,"我最无法忍受的是,为什么要在我刚买的床上,为什么不能去别的地方?"何依给自己倒了一杯酒,现在轮到她望向窗外了,她凝视了好久,然后她说,"这次我不能再原谅他了,他没有给我任何转身的余地,如果这种事我都必须忍受,那我宁愿一个人活,真的。"

李美芹垂首无语地望着小何,此时此刻,她完完全全忘记了自己的遭遇。

电话又响了，两人都吓了一跳。她们面面相觑，然后，何依接了电话。是严长安，她再度向美芹示意，美芹仍兀自不断地摇手。"长安，美芹还在睡，有什么事吗？"何依和气地说，好似自己都过意不去。她按下电话的扩音装置，让美芹也听到长安的声音。

"麻烦你叫她一声好吗？她把我的钥匙带走了，我进不了门，"长安在电话上解释着，"……我现在开车过去拿。"

"好，你先等一下。"何依压住了话筒，看着美芹。美芹瞪大眼睛，她急忙在她的皮包里搜寻着，果然在皮包里找到一串严长安的钥匙，她以几乎听不到的声音自言自语，"可是我今天无论如何都不能与他见面。"一边焦虑地注视着自己手上的表，八月二十五日的凌晨才开始不到半小时。

何依压住话筒，她也不知道该做什么。她仍然看着美芹，而美芹也瞪大眼睛回看着她。在午夜的纽约，在宁静的曼哈顿河边公寓，在烟雾弥漫的厨房一角，时间一秒一秒地逝去。

# 勃拉姆斯 D 小调

加州尔湾靠海崖上一栋高级住宅里,勃拉姆斯 D 小调小提琴协奏曲正在低回着。

星期天上午,窗外晴天,才八月底,花园的玫瑰已开始枯萎,几棵高大的椰子树和草坪倒还好。他刚刚起床,做过运动,经过她的房间,他看了一下,没人,他走到餐厅。

她吃过早餐了,在厨房整理,餐桌上摆着几张新复印的琴谱。他拿起琴谱随意地翻着,"嗯,勃拉姆斯,是勃拉姆斯喔。"他发出嘲笑。"你不要乱动我的东西!"她抗议了。

好像已经预知她会如此反应,他一直注视着她,她看来冷静而性感。他去冰箱取了牛奶,加了麦片。他发现她今天化了妆,口红的颜色是新的,"干吗,礼拜天还要出去见谁?"

她没回答,直直走回她的房间。他们分房睡已经几个月了,她的房间以前是他的书房。她似乎在找什么东西,但房间里一下又没声音了。他浏览着 iPad,滑到股市,他放下早餐,思索着股市行情。

他听见她在卧室走来走去,她的手机响了,他将报纸放下,注意倾听房间的声音,她很快把房门关上。

他放下 iPad,走到屋外花园,燃起一根烟,他看着表,算起她讲话的时间。十分钟后,她走回餐桌前来取那几页乐谱。"去哪?"他按捺不住,从花园走回来,并走近她,看着她。"去教琴。"她的声音微弱,表情有点不自然。

她一直希望有事做,最后决定去教琴。他原先不同意,但经过几次激烈的争吵,他放弃了,同意她开始给人上私人课程。

"礼拜天,给谁教琴?是不是那个喜欢勃拉姆斯的家伙?那个混账王八蛋?那个狗屎?"他在餐桌前提高声音,并把烟头用力挤入一个咖啡杯,"你说啊。"他看着她，他有点意外，她没理他，背上背包就开门到车库去。他跟了出去，在后头问她，"你说啊。"

"是又怎样，不是又怎样？"她站在他买给她的Range Raver车前，一副挑衅的样子，好像铁了心。"你不准去。"他上前一步挡住她。

"为什么？你自己可以出去，为什么我不可以？"她身体一挪动，琴谱全一页一页掉在地上，她弯腰拾捡，"这是我的工作，我的责任，你不觉得可惜吗？他那么会弹。"

"我不觉得可惜，他死了我都不觉得可惜。"他站在车前，用力挡着她，"你不准去。"

"我偏要去。"她执意要开车门，并且用力推他坚实的肩膀，她很用力地推他几次，他生气了，着实地打了她一个耳光。

她被他的暴力吓了一跳，蹲在地上，抱着头。他看着蹲在地上的她，看着那只刚才打她的手，仿佛一时还没意识到自己做了什么。

尔湾海边无风，天空澄蓝。

# 那个女人是谁

江玖芬一边喝着刚泡好的大吉岭茶,一边注视着窗外的雪默默地下着,美泉街道边缘覆满厚雪,四周一片死寂,连个行人也没有。这几天她忙着大扫除,第一次注意到今年的雪下得特别多。

她的父母下个星期将来维也纳和他们过中国年,这是她和彼得结婚三年后,她父母第一次出国来拜访,她破例整天忙着大扫除。

吸尘器的吸尘头一时被鞋柜夹住,她推开鞋柜,在地上发现一张照片。她看了一下照片,那可能是八年前在台北拍的,那时她刚认识彼得。她看着这张照片,背景很熟悉,但她想不起来是在哪里。照片中彼得很高兴地站在一堆人中,正在跟一个女人说话,他满脸都笑开了。但从那女人的侧影看不出是谁,至少不是她认识的人。

江玖芬将照片收入口袋,继续忙着。那天她一直忙到傍晚,彼得打电话回来,他说他要和同事去打回力球,要她晚餐别等他了,如果她饿的话。她一点都不饿,一直打扫到晚上十点,彼得回家后,才停下来。

"这张照片在哪里拍的?"她为彼得温了昨天从意大利餐馆带回来的意大利水饺,也陪着他吃。彼得瞄了一眼照片,"是不是台北?"他嫌意大利水饺分量不够,他饿得仿佛可以吞下一头牛。

睡觉前,江玖芬去刷牙时,顺便把那张照片置于浴室镜子旁的铁架上,那照片便一直留在铁架的角落里,再也没人动过。

江玖芬的父母抵达那天,下了一阵子的雪终于停了。才走出机场,他们便当着江玖芬和彼得的面吵架。江玖芬还没搞清楚原因,只看到她母亲赌气抱着皮包站在那儿不动,而父亲却一直往前走去,她走过去对母亲说,"你们一来便吵架,会让我很不好意思。"她母亲没再搭腔,拿着皮包跟着往前走。

回家的路上,由彼得开车,大家都没说话。"饿不饿?要不要先到中餐馆吃顿饭?"江玖芬打破沉默,以中文征询大家意见。母亲没搭腔,她父亲则从前座头也没回只摇摇手。彼得也没说话,他听得懂中文,当初她父亲便因为这一点没强烈反对他们的婚事。

"你还好吧?"她不安地看着彼得,改以德文问他,她在后视镜中看他对她做鬼脸,才放心地望着车窗外。还好,彼得准备了轮胎铁链,不然这种天气开车一定很危险。

雪停了,但街道四周都是脏兮兮的污水。她俯身向前看着坐在前座的父亲,他因疲倦已打起瞌睡,整张脸的轮廓显得有些灰暗、陌生。他人生第一次来维也纳,等着他的却是一场大雪。

"妈,你不必天天洗澡,这边天气冷,又干。"江玖芬走进浴室取出一条浴巾给她母亲。"不每天洗?"从小她们都说闽南语,现在母亲试着以汉语对她说话,江玖芬觉得很不自然。她看了母亲一眼,发现母亲不知什么时候文了眉,母亲一向温和没脾气,现在看起来却因此有点凶悍,她立刻将眼光移开。她说,"如果你要洗就洗吧。"转身离开时,她母亲突然在浴室拉住她,"那个女人是谁?你们彼得眼睛为什么这样看着她?"母亲指指照片,江玖芬连照片都没看一下便不耐烦地回答,"那是我的朋友啦。"她关上门,离开浴室。

客厅里的父亲正在教彼得打麻将,他将麻将分了四份全摆在餐桌上,解释着什么叫"胡"。彼得似乎颇进入状态,父亲对她挥挥手,"过来过来,去叫你妈。"她坐过去陪他们,不精麻将的她仔细听着父亲对彼得的解释。关于麻将,她真的记得的不多。

"那个女人到底是谁?"江玖芬上床前将照片再度递给彼得。他正在读书,勉强地看她一眼,"我不知道什么女人。"他继续读着书。"这个女人。"江玖芬把照片递到他鼻子前,她刚刚洗完头发,头上包着浴巾,恶作剧地将照片在彼得眼前晃着。

彼得将书放下来,从床上坐直了身子。"到底是什么女人?"他仔细地端详起照片,看了半天,他将照片还给她,"我不知道她是谁。"

"那当时你为什么看着她?"她卸下浴巾,搓揉着头发。彼得拾起书,一边说,"我不记得了。"江玖芬以略带疑问的眼光望着他,"不记得了?"她问。彼得专心读书,漫不经心地接话,"对,不记得了。"她站在床前停顿了一会儿,"她到底是谁?怎么会不记得呢?"她仿佛在自言自语,也仿佛在询问彼得,但他没再搭腔。江玖芬顶着一头仍湿的头发走出房间。

"你们还有多一间房间吗?"江玖芬的母亲站在浴室门口问她。正在吹头发的江玖芬听不清楚,她将吹风机插头拔下,"你说什么?"她看着她母亲,母亲手上拿着一只枕头表情有点羞赧。江玖芬从走廊走过去,偏头看见房间的床上躺着父亲,他已睡着了。

"他在大陆有过小三,现在那个女人……跟他要一大笔钱。"江玖芬的母亲站在客厅的沙发前,她无助地看着江玖芬把沙发床拉出来,并铺上床单。

"这事情发生多久了,你怎么从来没告诉过我?"江玖芬坐在铺好床单的沙发床前,只穿着短袖睡衣的她,因为冷而紧抱双臂。"很久了,两三年吧,我不想让你知道,免得你在国外担心。"她母亲表情一阵茫然。然后她坐在她女儿旁边叮咛,"这事你千万不要去问你老爸,知道吗?"

"为什么不能问他?"她以打抱不平的语气说。"你问他也没用,他现在心里只有那个女人……"她母亲站起来,走向她搬到客厅来的行李包,她取出两大包装满内容的塑料袋,"这一包是给你的,这一包给彼得,我特别去中药店配的,每天煮一次,三餐饭后喝。"

"这是什么?彼得绝不会吃这种东西。"江玖芬皱着眉头。她母亲一改刚才的愁容,"是为你们好,结婚那么多年了,该生个孩子了。"她指指药包,"这个药方很灵,真的,你吃吃看。"

江玖芬回到卧室时,彼得已睡着了。她很快钻进被窝,关了灯。但过了好一会儿,她仍没睡着,她打开床前灯,心绪不平地看着熟睡中的彼得,她以手肘推推他。"还不睡吗?这么晚了。"他睡意浓浓地说,打算这样睡下去。"彼得,告诉我那个女人是谁,我睡不着。"江玖芬赌气地说,她甚至将整个卧室的大灯打开了。彼得很不情愿地翻过身来,他问,"到底怎么了?为什么不睡?"一副无辜的表情。

江玖芬僵直地坐在床头,她身上披着棉被,仿佛大事临头。"问你自己吧。"她的语气悠悠。"嘿,到底怎么了?"彼得慢慢清醒了,他躺在床上支着侧脸问她,坐在床头生气的人看起来简直像一尊雕像。江玖芬不说话,他以手指轻轻戳着玖芬。

"你不要碰我,承认吧,怎么可能和一个陌生女人有那么亲切的笑容,还拍着她的肩膀?"她的语气些微不悦,似乎内在有一股力量在推动着她。彼得不敢再说话了,他也坐在床头,很严肃地看着床上的被单。江玖芬仍然一动也不动地坐在那里。他看着她,一直没说话。一段时间过去了。

"那个女人是谁?你要不说,我就整个晚上坐在这里。"江玖芬的眼睛直视前方。彼得恍然大悟,"噢,是那张照片?!"他轻松地笑起来。"对,那张照片,你到底在跟谁笑得那么开心?"披着棉被的玖芬转头问彼得,她咬着嘴唇问。

彼得从床上起身到处找那张照片，终于在床头几上找到。他看着照片开始认真地回想。突然间，他说，"这是不是你姐姐？那一年我们公司开派对时，你姐姐也来了，这是她嘛。"他很兴奋地把照片递给江玖芬。

江玖芬满脸狐疑地看着照片，逐渐地，她想起来了，这张照片的确是以前彼得在台北上班的公司拍的，而且照片中的人应该是她姐姐，只不过那时姐姐剪了短发，她才一时没认出来。江玖芬放下照片，捂着嘴，然后笑出了声。

三天后，江玖芬的母亲才同意一起和父亲出游。但是她不愿意靠近父亲，因此，四个人总形成两对人马行动，不是她陪母亲，就是换她陪着父亲。他们先去著名的霍夫堡皇宫。也不知是否故意，母亲行动极为缓慢，看到任何椅子她都立刻坐上去。江玖芬的父亲则兴致冲冲，他走路飞快，什么都看，并且仔细聆听着彼得的解说。

"你妈妈呢？"彼得回头问他的妻子，江玖芬以眼光四下探寻，她找不到她母亲的踪影，"我的天，她刚才就坐在那张椅子上嘛。"

三个人找遍了皇宫上上下下,还是没找到人。江玖芬的父亲灵机一动,他说,"我知道她在哪里。"他反过身走下楼去,一直走到宫外的圣诞集市,他们跟着他,江玖芬老远便看见她母亲暗红色的围巾。她正在买东西,因为语言不通,她将大钞付给奥地利小贩,而对方无法兑换,正在设法找一个韩国女孩向她解释。

"我不懂韩国话,我不懂。"江玖芬的母亲说着国语,韩国女孩会说一点广东话,她支支吾吾地翻译着,一手指指铜铃,一手指指江玖芬的母亲。

"多少钱?我来付。"江玖芬的父亲走过去,他问大家。"买两个。"他还没说完话,江玖芬的母亲便打岔,"一个就够了,大宝不会喜欢,这种是给女生的。"她专心地替自己在台北的孙子想礼物,似乎忘记之前她和她丈夫一段时间不讲话了。

"这个呢?这个给大宝。"江玖芬的父亲拿起一只制作精美的玻璃水球,球里装的是维也纳的霍夫堡皇宫,他将球翻过来,一大堆雪花片便纷纷落下。江玖芬的母亲笑着将球接过去,而江玖芬的父亲心情似乎特别好,江玖芬不记得他什么时候这么高兴了。

她望向她的母亲,她母亲笑完后,正在摇头,带着那只对她自己的丈夫才会显现的失望神情。但江玖芬知道,那是她母亲的习惯,此刻的她并不是真的对丈夫感到失望。

"今天晚上不会再三缺一了吧?"江玖芬开车带大家回家时,彼得转头问后座二位岳父母,他的岳母全神贯注地看着黄昏的维也纳街景,他岳父则点点头,"不会三缺一,不会三缺一。"然后他也盯着车外的街景。

"他们像两个小孩一样。"彼得以德文向他妻子说,她轻轻地笑着,很快地回头看了看自己的双亲,她完全同意彼得的看法。

"昨天的事,很抱歉。"等红灯时江玖芬看着彼得,她也说着德文。彼得做了一个不知情的表情,江玖芬以手轻捶他的肩头,"你知道,那个女人。""喔,那个女人,"彼得拉着她的手,"哪个女人?"二人大笑起来。

# 阳　台


她是为了这个阳台才买下苏菲恩街这栋公寓。柏林城中心一栋老公寓，房价最高的米特区，她非常喜欢这栋房子，花了所有积蓄买下。搬来后，阳台已几乎成为她的教堂，只差没在那里膜拜。她在阳台上种植了许多常绿植物，也养了花。

每天，下班后，无论心情好或不好，无论天气怎么样，她都会在阳台坐上一会儿。阳台会让她心情平静下来。

那是个周日上午，她一边听音乐一边打扫房间，走到阳台上浇花。她先站在那里，又坐了下来。那里真是一个令人赏心悦目的地方，她总是花许多时间整理改善，特别买了日本园艺杂志回来参考，并经常在花市流连忘返。她的同事便说过，"你照顾阳台就像别人照顾儿子一样。"她没有孩子,也未成婚,今年已四十好几。

她离开阳台去浴室冲洗,换上一件精挑细选的丝质洋装,配上一条珍珠项链。待会儿一个新来的同事要来坐坐,来看她整理的阳台。她在落地镜前摆动,整理头发。她走回客厅,走到玄关,打开鞋柜,那一双新买的男式拖鞋还在,看起来真的太新,她拿起拖鞋用力揉搓,希望弄出皱纹。

她站在客厅看着窗外,街上有两个小孩在踢足球,有人骑自行车穿过他们中间,球一下便踢到苏菲恩街上十五号公寓前的小花园里了。

她坐回客厅沙发上,打量着房间,仿佛自己便是客人,她也以这样的心情走到阳台上,并欣赏苏菲恩的街景。音乐停了,她又重新播放了一次,帕格尼尼,她已经重复听了一整个早上了。

这个新来的亚洲同事在办公室里常找她攀谈,他虽看起来年纪也不小了,但听说还没结婚。她知道他对她有兴趣,已经有一段时间了。她和他出去吃过一次饭,最近才邀请他来坐坐。

她注视阳台上盛开的玫瑰。关于这些玫瑰,她没做错决定,且下次该再买一些。在柏林市中心,她的阳台规模算大了,而且也符合德国人的西晒癖好。除了园艺,她还在阳台上布置了两张躺椅。她躺在那里看书,不做什么都感觉很好,只是,偶尔她也盼望有人陪她坐一坐。

他迟到了半个小时,向她道歉,"这里很难停车,我差一点想开回家,再搭地铁过来,"他穿上那双男式拖鞋,手上拿着一个小提包和一份文件走进客厅,"你这里好棒。"她向他介绍房子,他很感兴趣地问她地板细节,并四处查看,"你真的只一个人住吗?"她觉得他似乎在挑逗她,有点腼腆起来。

"要不要先喝点什么?"她问他,"西装要不要脱下来?"他脱了西装上衣,把衣服交给她,"你只要看一个人怎么装潢房子,便知道那个人的内在。"他喝着茶,坐在沙发前。

"那你觉得我的内在怎么样?"她试探地问,故作俏皮的表情,走到厨房准备午餐。"你属于有气质的那个女生族群，"他来到厨房陪她下厨，"你们的内在比外在要丰富太多了。"他设法把衬衫上的领带弄松一点。她不太明白他意思，是说她不够漂亮？但不好意思问下去，便开始准备餐具。"你在听什么音乐，好棒，是巴赫吗？"他走出厨房。

"不是，是帕格尼尼，"她说，她从厨房里走出来，把围巾脱掉，"要不要在阳台坐一坐，阳台在这边。"她指引他往客厅外，他跟着她，"哇，真不简单，漂亮，漂亮。"他在阳台上观赏了每一株花木，"不但要花很多时间，也要花不少钱照顾吧？"他们站在阳台谈了一会儿。

"百闻不如一见，你的阳台就像个神话故事，终于有机会亲眼看到。"他知道曾经有一位德国摄影师友人向她商借阳台，拍了许多复活节彩蛋的照片。她在厨房泡茶时，他研究起她放在餐桌上的一张小海报，"这种灵修营一期要多少钱？"她向他简单介绍了一下，灵修营在奥地利的阿尔卑斯山区，那里风景很好，她对静坐班比较有兴趣，打算参加下一期的周末班，"三百欧元，不含机票，你也可以去的。"她略为游说的口气。

他仔细地读着简介，"说不定喔，我想培养一点气质，学学你呀。"他说。"好呀，你可以赶快报名。"她神情愉快地吸一口茶，表情看起来像个小女生。自从他走进她的房子后，她很多时候都像个小女生。

"可以呀，不过你可不可以先介绍一下，我实在一直都搞不懂，静坐是怎么回事？就静静坐着吗？目的是什么？"他说，一脸真诚的样子，"要闭上眼睛吗？"

他说到一半手机响了，他走到阳台去说话。她用油醋搅拌着沙拉，拿出碗盘，盛了两大盘。她将沙拉端到桌上，等他说完话。他终于说完手机，走回餐桌，"对不起，朋友有点事。哗，太棒了，这沙拉就像食谱上的照片，会不会很麻烦你呀？"他问了洗手间在哪，去洗了手，才坐回餐桌，"你这里真的布置得很棒，你自己布置的吗？"她点起蜡烛，再确定音乐的音量。

"我和设计师讨论出来的，"她说，"我有一个朋友做室内装潢，我和她针对我的需求讨论了很久。"她递上纸巾给他。"阳台呢？也和她讨论过吗？"他好奇地问,"不,阳台都是我自己弄的,我对园艺很有兴趣。"

"听公司的人说,你有参加电影小组,会轮流看电影讲心得,"他突然想起,"你们最近看了什么电影?"他似乎到处打听她的事,她为此暗地高兴,"《钢琴师和她的情人》呀,蛮好看的。"她说。

"我刚来公司,对很多事都蛮陌生,以后请你多照顾,"他用餐巾纸揩了一下嘴唇。"没问题。"她点点头,觉得他是要表态了。也许在公司人多,他不方便表示,现在应该可以说了。

他们二人坐在阳台的沙发躺椅上聊天,但是他花了好一段时间谈他在马来西亚的家人,他们小时候在槟城是多么苦,他妈如何借钱让他来德国读书,他二十岁就来了,在德国住了二十年。她现在才知道,他的年纪比她小五岁,他看起来很老成。

他话蛮多,从初中恋人谈到未来科技产业,她终于忍不住,含笑问他,"你一直说要和我私下谈,你到底想跟我说什么?"

"谢谢提醒,"他说,然后他放下刀叉,看了她一眼,从手提包里取出文件,"你不是想减重?"他用纸巾擦了手,把他带来的文件递给她,"我下班之余有代理这个厂牌,说真的,我觉得蛮适合你。"

"Herbalife?"她伸手接过文件,不解地看着他。他像所有做直销的人一样,滔滔不绝开始介绍这个产品的各种好处。

她坐在她的阳台上,一页一页翻着他的目录,再也说不出什么话。

# 巴黎的一天

8：05 am

李敏在闹钟响前便醒了,八点零五分,还好,她松了一口气,又闭起眼睛。九点钟必须赶到圣米榭区那个精神病老太太那里,如果不吃早餐的话,她可以再赖床一刻钟。

她不知道那个叫丝蒙的老太太究竟怎么生病的,她一个人住一栋豪华的大公寓,看起来斯文有礼,颇有教养。李敏是在大学布告栏上看到启事,每个小时二十五欧元,每天两个小时,得替老太太买点菜及做些打扫。

李敏接了这份工作已有两周,这两天她开始犹豫该不该继续做下去。老太太越来越怪了,昨天还当着李敏的面吃着她自己的鼻屎,看来她迟早必须去精神病院报到了。

老太太有个挺辉煌的大半生,曾经是芭蕾舞星,年轻时代是个美女,现在看起来也很体面,银色发亮的头发贴着那张风韵犹存的脸。她住的公寓以前是毕加索住过的阁楼,现在已是市政府文物古迹,家里全是十八世纪的古董,不然便是与著名舞蹈家约瑟芬·贝克的合照。

李敏需要这笔收入。当初,她决定到巴黎念书时,家人并不赞成,她坚持要走时,父母给她一百万新台币,并再三地说,省着用,用完我们也没有什么可以给你了。最近她的钱已用得差不多了,但学位还遥遥无期。

李敏打起精神从床上坐了起来,吃了两片饼干喝了一口水,穿上衣服,拎起手提包走出门。屋外的阳光温暖宜人,她走在巴黎街上,觉得暂时还是不要思考太多人生问题。

2:43 pm

李敏走入里昂火车站前,一个脸色白皙但精神奕奕的黑发男人走向她，"小姐，有一件重要的事情，请给我两分钟的时间。"

他看起来蛮正派的样子，不像车站前聚集的那些莫名其妙的北非男人，每次经过他们总是听得见一些近似猥琐的话语。李敏稍稍停了下来。

"找个咖啡店坐一下，好吗？"男人说，李敏摇摇头，"不，有事请讲，我还得去上课。"她没好气地搭腔。

"我们公司在找一个东方模特儿，就像你这型的女孩，我们找了很久。"男人严肃地说，并掏出一张名片，"我们最近和C&A服装公司签订的合约，要拍一系列的休闲服照片，为了亚洲市场，这次要拍的是东方女性。"

"我？"李敏吓了一跳，"怎么会找上我？"她受宠若惊地看着名片，派格蒙模特经纪公司，一张很专业而正式的名片。

"没有人告诉过你，你长得非常好看吗？"男人掏出一根香烟，悠闲地以打火机点上火，"真的，我觉得你非常独特。"

李敏感到些许窘迫,她一向不习惯别人的赞美,"没有,没有人告诉过我,我不觉得自己哪里好看。"她有点难为情,也觉得事情有点不靠谱,转身要离开。

"等一下,小姐。"男人叫她 mademoiselle,并且很快地从公文包里拿出一叠照片,"你知道模特儿一天可以赚多少钱?至少一千欧元,如果你要的话,今天我们就可以让你赚一千欧元,先看一看这些照片,你就知道为什么我会找上你。"

些许的犹疑,李敏停住脚步,她取过来翻看,照片中的女孩都不是绝代风华,却也都还符合她对那家 C&A 公司的粗略印象,"嗯哼。"她把照片交还他,稍微认真地打量面前的黑发男子。

"真的从来没有模特儿公司找上你吗?我很惊讶,"男人诚恳地看她一眼,"我可以告诉你,最近开始一阵子东方热,将来一定会有很多人找你,我一向是走在潮流之前。"他一副星探的口吻和样子。

"我想我不适合,"李敏想了几秒,很客气地说,"我很不上相,"她一面说,一面退后,"失陪了。"男人摇摇头不同意她,并一步抢先挡住她的路,"那是因为拍照的人不理解你,无法捕捉你的美,"他游说她,"如果你肯当我们的签约模特儿,我可以向你保证,你绝对会改头换面,"他拿出手机寻找图档,"喏,就是这个模特儿,两个月以前,我在一家咖啡店发现的,现在娇兰公司已找她签两年固定约了,不只是她,还有很多例子。"

李敏接过他的手机,仔细看着图片上的女人,一个平胸瘦弱型的非洲女人,在现代化的造型下,显得十分摩登。李敏似乎曾在广告上看过这张脸,"就这么简单,你们就在咖啡馆找到她?"她随口问。

"你要是看过她以前长的什么样子,你一定会不相信,我告诉你,这一行都是运气,今天,你运气来了。"

男人虽然一直不走,但并没有纠缠的态度,"到我们公司坐一下吧,做做朋友,聊聊天,拍几张照,你再做决定都不迟,"男人将手机置入手提包里,"你好,我叫尚米谢,你叫什么名字?"他伸出大手,跟她握了握。

"我叫李敏。"她告诉他,他听不懂。她写下来给他看,但是他却发不出这个中文字音,他试了好一阵子,终于说,"明格吗？对不起,你们东方人的名字实在是不容易,你没有外国名字吗？没关系,我们会帮你取一个。"

"等一下,我还没说要加入你们公司,"她拿不定主意地表示,"我还得考虑才行。"

"明格,你看起来蛮聪明的,我的话只跟聪明人说,机会来时,你若不及时把握住,它绝不会留下来等你。这样吧,到我们公司喝杯咖啡,你趁这段时间也好好思考一下。"男人怂恿着,并拉着她往前走去。

"你们公司远吗？"她挣脱他拉着的手。"不远,坐地铁去十分钟。"他说。李敏一听还要搭地铁便再度犹豫起来。

"我还是不觉得我合适当模特儿,不行,我得走了。"她的声音不如先前那么坚决了,"我的车子今天刚好进厂保养,我们搭出租车过去,很快,不会耽误你的时间,"尚米谢直接便往出租车等候区走了,他回头向她招手,她跟着他走了几步,"我们的摄影师看到你一定很兴奋。"他对她说。

她决定就先过去喝杯咖啡。在车上,他还是多话,

"从来没有人告诉你,你长得很特别吗?我不相信。"尚米谢说话时,出租车司机回头望了她一眼,"当然,你不是最美的女孩,我们也不打算寻找那类美若天仙的人,"尚米谢语气很专业,"你呀,让我从你的五官说起,没有缺陷,虽然你没有西方模特儿的深刻轮廓,你的脸非常平,但这反而是你的特色,没有任何西方模特儿可以取代你。"李敏听到他说她的脸非常平,简直分不出来是赞美还是挖苦,她把目光移到车外。

出租车穿过塞纳河下的隧道时,李敏从玻璃窗外看着隧道中的石墙不断退后,仿佛看见自己在巴黎的幽暗学生生活。她暗自想着,或许可以当成一个打工机会,她需要一些收入,她得念完学位才能回国。

3:23 pm

尚米谢的公司在一个阁楼上,门口果真挂着一个派格蒙模特经纪公司的招牌,走进里面其实更像一个摄影师个人工作室,里面摆放了一大堆道具,一个男人躺在沙发上休息，"嗨，你好。"他站起来和李敏打声招呼，尚米谢为二人相互介绍，"沙其是我们公司的摄影师，明格是我今天发掘到的珠宝。"

沙其是一个高大英俊的男人，嘴上叼着一支牙签，他打开了音响，是吵闹的摇滚音乐。李敏耳朵很敏感，不喜欢太多噪音，但她并没有说什么，坐在那里浏览墙上贴出的各式照片。

"你想喝点酒吗？"英俊男人走过来问她，她微笑但很有戒心地摇摇头。沙其便从冰箱里取出一瓶啤酒，打开瓶盖，喝了起来。

"喏，东方来的美女，我们公司的新模特儿，明格？"尚米谢在一张办公桌前在玻璃上分着一些白色粉末，"沙其，你替她先照几张，让她增加一些信心，她欠缺信心。"沙其转头看着她，"长这么美还没有信心？"

李敏坐在凹陷的沙发里环视着男人的空间。两个男人忙着把摄影灯具搬出来，在稍显拥挤的房间里，一大束摄影的强光射下来，李敏走近他们，"我应该做什么？你们就这么拍吗？"她大声地问，音乐实在太吵了。

"不必做什么,只是试拍。"沙其善解人意地安慰她。她移步到墙角,望着木板上贴的其他照片,是一系列的泳装照,大部分是东欧面孔,也有一些也许是泰国或菲律宾女孩,包括几张裸照夹杂在其中。

她转头看着尚米谢,他刚吸完玻璃上的白粉,拿起一片冷比萨正在咬。"来,坐这里。"沙其对她眨眨眼睛。

她绕过电线一步一步走过去,坐在一把高脚椅上,她有点紧张,神情严肃。"噢,请放轻松。"沙其对她喊着,尚米谢则作势要给李敏分好的白粉,她立刻拒绝。"喔啦啦,好东西还不要。"尚米谢一副不理解的表情。

李敏努力地表现出自然的样子,但她怎么样都无法轻松起来。在聚光灯的照射下,工作室里热了起来,她更僵硬了。"忘记你自己,想一想你和男朋友在床上的好时光。"沙其一边脱下衬衫一边说。

"我没有男朋友。"李敏回答他,为了表现自然,她将眼睛瞄向另一方。"那就想想我吧。"沙其说,他看着尚米谢一个劲地笑,尚米谢也附和着,"对啊,想想沙其,多棒的男人。"她努力地配合着,沙其仍然一直要她放轻松。

终于,她从高椅上跳下来,"对不起,我很紧张,我真的不合适做模特儿,我要走了。"她看着尚米谢,沙其则吹起口哨,"我觉得你挺上相的嘛,"尚米谢走过来打圆场,"小姐,我们都觉得你行,但你自己却不行,这到底是怎么回事?我们是在寻找模特儿,不是在陪你玩扮家家酒。"他喝一口啤酒,"你做决定吧,要还是不要?"

短暂无言后,李敏终于说话,"我真的很紧张,真的,这样拍没有用。"她说的是真心话。"你想太多了,小姐,"尚米谢随手拿起另外一个相机也开始对她拍起来,"其实你生气的样子很漂亮,很好,看我后面这边,现在这样很好,很好,"他很快地连拍数张,并改换了镜头,"换个姿势,对,很好,继续,继续。"沙其这时也拆下他原来架好的摄像机,寻找不同角度拍了起来。

"你看,没问题嘛。"尚米谢放下相机,把照片给她看了几张,并为她倒了一杯啤酒,"你只是想太多了。"

他看着她,"真的没有男朋友吗?我不相信,这么漂亮的女孩没有男朋友,少骗我们了。"

看了照片,李敏也觉得自己样子并没那么糟,拍得还不错,她的心情逐渐轻松下来,"没有,我连读书都没有时间了,哪来的时间交男友?"她席地而坐,"我可以不可以喝一杯水?"

"水?开玩笑,我们从来不喝水。"沙其说,他转身去放另一张唱片,"小女孩,要喝就喝啤酒吧。"

7:29 pm

为了证明她并不是一个封闭、没见过世面的小女孩,也是因为口渴,她拿起啤酒便大口喝了起来。

"哇呜。"看见她喝啤酒豪放的样子,沙其发出赞叹声,然后随着音乐声扭动着自己的身体。他拉着她要一起跳舞,她先是拒绝,但随后也勉强跳了起来。尚米谢不由分说又拿起相机拍了起来。

"很好,太棒了。"他一直重复地说着。这时,沙其整个身体几乎贴向她,他的性器官几度碰触着她的腹部。她一直推开他,但沙其用力拉着不放她走。

"不热吗?脱掉上衣吧。"尚米谢问她,沙其乘机也来脱她的衣服,"不要,不要!"她突然歇斯底里地大喊,喊了几秒才停下来。两个男人被突如其来的叫喊声吓了一跳,面面相觑。

"我不要脱衣服。"她安静下来。"好吧,不脱便不脱,"尚米谢把一台相机扔在沙发上,他耸耸肩,一副无所谓的样子。

"你们从来没说要脱衣服。"李敏嗫嚅着,走向自己的包包,打算离开现场。"我为了推销你,才帮你拍照,但你一路不信任我们,我们怎么做事?"尚米谢又开始耐心地解释,"你怎么这么保守,这么想不开?这都是什么时代了,你来法国多久了?"

"两年多。"她一副无辜的神情,好像在面对警察的质问。"两年,那你应该早受到法兰西文化的影响了,为什么这么拘谨呢?"他说,"如果这些照片拿出去,我保证你一定很快会得到一个工作合约,真的。"

"为什么一定要脱衣服,不脱不可以吗?"她仍然没有改变主意。"你好像还不明白我的意思,"尚米谢的声音听起来有一丝不耐烦,"你到底对这份工作有没有兴趣?"

她站在两个男人当中,神情有些困惑,也有些落寞,"我不想当模特儿了,我本来只是想试试看而已,我早就告诉过你们,我不适合。"

"这些照片只是给客户做参考选择,你可能不知道,我们也经纪泳装和内衣模特儿,这是一条重要的生财之道。"尚米谢又恢复他先前那种专业星探般的口吻,他再度以热忱的眼光注视着李敏。

"她没经验,还不懂,给她一些时间,"沙其走过来拍拍她的肩膀,并对尚米谢挥手,"所有的模特儿都得面对这一关,不只是你,没关系,若觉得放不开,就留内衣和内裤吧。"他一副要保护她的模样。

"你要知道,在巴黎,有多少女孩想当模特儿当不成。"尚米谢语气越来越兴奋。李敏抿着嘴唇,一时觉得受到委屈。

"她不笨,她知道你在说什么。"沙其望向李敏,向她比一个脱上衣的手势。她看着沙其,仍然拿不定主意,然后又转向尚米谢。尚米谢的态度与刚认识时不一样了,似乎对她很失望。

一张唱片放到底了,吵闹的音乐声停了下来,整个公寓顿时空洞下来,空洞得犹如无人的荒岛。两个男人,一个拿着照相机,一个拿着反光板坐在沙发上,都在等待她。李敏觉得自己站在那里好长一段时间,她想她也许可以再试试按他们的要求做,但她也想立刻开门走出去。

时间一秒一秒地过去,巴黎的一天也一秒一秒地过去。"好吧,我只脱上衣。"李敏说完便动作飞快地脱去薄丝衬衫。

这时,巴黎的夜色已逐渐笼罩下来了,在灰暗的巴黎天空下,在两个眼神里闪烁着享乐气息的男人面前,她褪去上衣的胴体不但肌肤无瑕,在摄影光强烈照射下更显得十分诱人。

## 游　魂

　　林晓青走出纽约华埠附近一栋办公大楼，毫无目的地直直往前走，一直走到普林斯街。她站在地铁前，无法确定自己到底要去哪里，于是让路给一个正急着冲下地铁的男人。

　　刚才在詹姆斯的公司门口看到的那一幕，使她过于激动，她只急着离开，还来不及把整件事情想一遍。现在，她似乎才回味过来，站在街头的她六神无主。

　　周六的纽约下城街头，阳光普照的正午时分。

　　一个多月前，詹姆斯把他的东西搬走了。这个星期来，他甚至不接听电话，不留讯息。她知道，他不爱她了，这已经够清楚了。但她希望他当面向她证实一切，她要听到由他口中说出一些具体的答案，而不是千篇一律的调调，"我需要空间，我需要时间，我需要自由，"

还有那一句,"不要老像个游魂跟着我!"

这无疑是要求当面受辱,但她去了,她想让自己对他完全死心。她也办到了,刚才发生的那一幕把全部的事实摊在她眼前。詹姆斯甚至没说什么,只在她面前搂抱一位金发女人,并对她说,"下次来之前先打个电话,我和玛丽已经约好了喔。"然后客套地和她握手告别,假得好像一场戏。一个星期前还有肌肤之亲的男人,现在居然在别人面前演起一场戏。林晓青当场转头便走。

她从皮包里掏出纸巾,擦了眼泪和鼻涕,走下地铁。她穿着一双红色的皮鞋,站在月台上,先是踢走一个空的可乐罐,接着便在月台上踱步。一班地铁面对她驶了过来,她站在那里,神情恍惚,地铁也开走了。

月台上只剩两个人,另一个也是东方面孔,他走向她,用英文问她,"我们是不是见过面?你是不是在哥伦比亚大学上课?"她摇摇头,但男人很肯定地说,"我们见过面,让我想想在哪里。"她看着他,他认真地想着,问她从哪儿来,要去哪儿。她可有可无地回答。

总之,他们没见过面,她不知道他是谁。

这时，一班地铁又驶来了，男人上了车，晓青也上了车。亚洲男人五十余岁的样子，面色油润，头发又厚又黑，有点像假发。他问她是哪里人，她说，"台湾人。"

地铁朝上城行驶，也许她可以到西上城去看部电影？她一直瞄着地铁路线表。"你要去哪里？回家吗？"他提着一大袋中国城买来的水果，问她。她说，"不是，我要去看电影。"男人观察车上周遭的旅客，突然回头问她，"一个人去看电影不觉得好像被整个世界遗弃吗？"她毫不迟疑地说，"不会。"便不想再理他了。有人下车，林晓青便坐了下来。

"我在哥伦比亚大学教书，我总觉得在学校见过你，你是不是去过哥大？"男人站在她面前，一手拉着地铁的吊杆，一手提着大塑料袋，倾身问她。"没有，我从来没去过哥大，我不是念哥大。"她看他一眼，似乎想从他身上看出他是教授的样子。

"你教什么科目？"他看起来并不像教授，至少不是她想象中教授该有的样子。"我在医学院教书，"他说，

"我有一个专门的 project,一个大计划,在进行。"坐在林晓青身旁的斗鸡眼西方老妇人在勒辛顿街下车了,教授便挨坐在她身边,他把一大袋装在塑料袋里的水果放在他的双腿中间。

"什么样的大计划?"林晓青随口问。"一个研究如何长生不老的计划,是生物最新科技,"教授面带严肃的表情,"我这个项目已经进行一阵子了,成绩非常好,最近,好几家美国和欧洲的药厂都和我们联系,希望和我们合作。"

"长生不老?"林晓青没想到他会说出这种字眼,"怎么样才可以长生不老呢?"她开始好奇起来。"我姓李,请问你贵姓大名?"他突然改变话题。"我姓林,双木林。"她没告诉他名字。"林小姐,我有一个提议,我家就在这一站附近,我要下车了,如果你有空,我们可以到上面找家咖啡厅,聊一聊,我顺便把我们的计划告诉你,这三言两语讲不完。"李教授提起他的水果袋,颇为诚恳地看着她。

林晓青心情低落,她没回应,不置可否。这时,地铁到站了。"我们的计划很有意思,如果没别的事,来吧。"教授很热心地鼓励她。

"嗯。"她微弱地说,并站起来跟随他走出车门。教授走在前面,他个子不高,走路的样子有点古怪。她不愿被人看到她与他有什么关系,动作缓慢地跟着。

"这样好了,我们去吃点东西,前面有一家法国餐馆,我是标准的老饕,跟我走就对了。"他回头对她说,而她心不在焉,抬头看着天空。阳光依然灿烂,但是詹姆斯不再爱她了,这世界已经变了。

"你们台湾来的女孩走路都特别慢,大陆女孩走路快多了。"他没看她,只顾往前带路。她没搭腔,虽然有心事,但她不在乎与一个完全没关系的教授聊一聊。

坐在上东城一家大理石装潢的法式酒吧餐厅里,有着浓重法文口音的侍者来点菜时,她只点了一杯果汁,"我不饿。"她小声地说。他瞪着菜单,点了菜,然后对她说,"可惜,可惜,这里的海鲜好得不得了。"

她没什么话说了,只能打量餐厅以及法国服务生。"你今年几岁?"他问她,"二十四,"她回答他。"二十四,是女人最好的年纪。"他点点头。"为什么二十四是女人最好的年纪?"她仍然心不在焉,男人些许察觉了,"按照人类的生育发展,二十四岁是女人受孕最好的时间。"她吐吐舌头,"受孕?"然后又转头看一些陆续走进来的顾客。

"现在你可以告诉我,那个伟大的研究是什么了吧?"她把目光移回他。"我们的这个计划的确很伟大,你想想,现代人生活过得这么舒适,谁不想多活几年?以前在古代,任何当皇帝的人最重视的便是寻找长生不老的仙丹,而不只在中国,不只是古代,我们现在便在研究这样的一份药方,不伟大也不行。"他说话时,将双手置于桌面上,自信满满。

"是药吗?是一种可以买得到的药吗?"她稍稍提起兴趣,不再百般无聊的样子。"以颗粒药的形式是最好的了,成本便低些,这样每个人都可以买,目前厂商还没决定,也许瓶装也有可能。"他整理他的头发,笑着说。

"这种长生不老的药到底是什么成分?"她问他。

"这个是天大机密,怎么可能随便说出来,告诉你,这可是几百万美金的合同,我到现在还没决定把专利卖给谁,让他们去抢吧。"教授是一派悠闲的语气,"你呢,你在哪读书?读什么科系?"

"纽约大学,唉,我读的是最难读的科系。"林晓青皱了一下眉头。"俄文系?"他问。"不是啦,我念美国文学。"她回答。"美国文学,来美国念美国文学不划算嘛,还要念多久?"他让出位置让服务生把菜端上桌子,"一杯啤酒,"他对服务生说,同时也问她,"你要不要也喝点啤酒?"他鼓励她喝。"不要,谢谢,我不喝酒。"菜端上来了,他点的是龙虾,她看着他津津有味吃了起来。

他果真是一个老饕,她从来没看过任何人把龙虾吃得如此干净,而且这么不慌不忙。当他吃完餐点,已经下午两点半,她坐在他面前,一副无精打采的样子,他看她一眼说,"你是不是跟男朋友吵架了?"她吓了一大跳,没想到他竟然问到她的伤口,"没有,我没有男朋友了。"她说,眉头皱得更深了,她又想起可恶的詹姆斯。

"你今天运气好,我刚好有一些英文小说打算捐送给图书馆,这样,你到我家,我把这些书全送给你。"他向服务生示意算账,并且向她建议。她说,"我想去看电影。"她提不起兴趣去提书回家。他若有所思,又说了一次,"我是绝不可能一个人去电影院的,我觉得一个人去看电影太孤单了,到我家坐一下,再去看电影都来得及。"他露出和蔼、慈祥的眼光。

"也许吧,我只能去一下,不能待太久。"他说得也对,她真的不急着去电影院,反正之后也是一个人回家,面对詹姆斯的人去楼空。

他住的公寓不大,两个房间,两个人站都嫌太挤的玄关,她问他需不需要脱鞋,他说不必不必。她跟着他走进他的客厅,她发现教授的客厅书架上的书不多,多半也不是文学,有几本阿加莎克里斯蒂的小说,不大的客厅中一架超大的电视机便占去不少位置。"你喜欢Kylie Minogue吗?我这里有一张DVD。"

教授走入厨房前问她,"要不要来一点点琴东尼?"

她摇摇头,她已经告诉过他,她不喝酒,大概他没注意吧。她坐在客厅的沙发上,望着墙上以及柜子上各种蝴蝶和昆虫标本。

"我刚离婚,赡养费整得我好惨,我只好从以前的大房子换到现在的小房子,我太太她现在还住在那里,在布鲁克林,喔,那里可大了,五六间房间,又大又清静。"教授打开电视,放入那张 Minogue 的 DVD,然后自己喝起琴东尼来。

"你们为什么离婚呢?"她对感情故事感兴趣,任何人的故事,即便是他的,她用大到可以盖过音乐的声音问。"个性不合嘛,她太会花钱,我赚钱不够养她,穿要穿名牌,吃要吃燕窝,这种妻子不要也罢。"他将音量调低,没带什么感情地说,"还有,最重要的,我妈妈很不喜欢她,我妈妈说她有克夫命。"

"你妈妈?她也在美国?"她随口问。"我妈妈现在就住在我楼下,她是三楼,我四楼,我们的房子一样大。"他吸一口杯子里的琴东尼,"我就是因为我妈才搬到这里来的。"同时移身坐在她身边。

"这样吃饭很方便，"他靠近她，她则移开距离。"我很好奇，"他看着她，"像你们这么大的台湾女孩是不是都很有经验？"他突然问她。"什么？"她一时没听懂他的意思。

他独自傻笑一会儿，又喝了一口琴东尼，"我是问你有没有性经验。"她不高兴了，"这跟你有什么关系？"这时，教授家的门铃响了。

他急忙整装，将衬衫塞入裤子里，他站起来，走到门前的猫眼看了一下，把杯子收到厨房里，然后对她说，"对不起，是我妈，躲一下好吗？"他请求她。她不肯，但他几乎像乞求了，"我妈有病，我不想让她担心，两分钟就好。"她问他，"什么？"他拉着她，往阳台走，他才发现新买的洗衣机挡住了出口，他把她拉到卧室前，他说，"真的两分钟就好，她马上走。"门铃不停响起，为了省事，她走进房间，他关上了门。

在黑暗的房间里，林晓青持续听到客厅有一个女人的声音，但是不能确定那女人到底是不是他妈。她也听不清楚他们谈话的内容，她只是逐渐感到呼吸有点困难，置身于黑暗中的她，开始嗅出一股属于男人的味道，一种上了年纪的男人的味道。

她坐在床铺上好一阵子，终于受不了，她打开卧室的门走了出来。

# 之静的派对

你敢不来,不来便杀了你。

她最要好的朋友何之静结婚十周年,在日内瓦湖边一栋豪宅办派对。是之静的瑞士高中同学为她办的,那人的父亲是瑞士最有钱的企业家之一,豪宅上过建筑杂志的封面。何之静一早便打电话来提醒她。

她犹豫了好一会儿,原因之一是她没有晚礼服。她找出一件洋装,贴了假睫毛,终于去了。那一天,万国宫前有大型示威,车塞了好久。她到时,湖边花园的现场音乐都开始演奏了。

一群之静的高中同学,多半是瑞士富裕人家的子弟,都喝了酒,可能也吸了大麻,或者还有其他什么,一群人又疯又闹。她和他们谈话没有交集,也听不懂他们的笑话,一直很安静地喝她手上那杯 Chardonnay。

他过来和她聊了一下,在之静面前,寒暄了几句,然后,她没再看到他的身影。她陪着之静的老板说话,一家台湾手机零件公司的负责人,年纪跟她差不多,未婚,身价几十亿台币,何之静一直想撮合他们。

但她和那人谈话提不起劲,她已经喝了四五杯白酒,才看到他又出现。随后的晚上,他虽然和不同的来客谈话,但她知道,他都在注意着她。他是法国人,来自里昂,也是何之静的高中同学。

她认识他也两年了,最近三个月没看到过他,上次见面是之静的生日,他们在旧城和之静的父母吃起司火锅(fondue)。那一次,他开车送之静的父母回家,再送她,在后视镜里,她觉得他看她的眼神好奇怪,有点害羞也有点任性,好像要跟她说什么话似的。她和他从来没有单独见过面。之静是她小学同学,中学起便和父母来瑞士定居,她则是大学毕业先去法国三年,这两年才来瑞士。来日内瓦也是因为之静,之静非常照顾她。

她在巴黎八大念社会学硕士班时,和一位法国同学在一起,那是她人生第一次,她明白了爱情,她爱过他。但他占有欲太重,窥视和控制她,最后甚至反锁她,她无处可逃,坐火车来找之静,她帮助她找了一个小公寓。她住了好几个星期后,决定搬来日内瓦。

她离开手机零件小开①,去上洗手间。他跟着她,并挤了进来。她看他一眼,没出声。他先把灯关掉后,很快便抱住她。他吻她,她来不及反应,挣扎了一会儿,推开他。"难道你不怕吗?"她在黑暗中小声地问。"怕什么呢?"他的声音听起来无所谓似的。她沉默着。他也沉默着。然后他似乎想说服她,"小女孩,最危险的地方就是最安全的地方,你不知道吗?"

她在暗处摇头。不,不,我不知道,她想说,但什么都说不出来。她一动也不动,仿佛想把自己站成一块坚固的石头。她终于明白为什么曾经想过不参加今晚的派对了,她怕遇见他。但矛盾的是,她也想遇见他。

他没说话,二人站在黑暗中,很长一段时间,仿佛沉默便是他们的对答。她闻到他身上的气息,也闻到一

---

① 方言,有"富二代"的意思。

点酒气。他打开了浴室的灯,突然来的灯光亮得刺眼,她觉得自己好像已全身赤裸,真希望他把灯关了。好像心电感应般,他真的把灯关了,他说着法文,"我是被你吸引进来的,我几乎没有抵抗,就跟着你走进来。"他还说,"Tu me manques.①"

他不停地开灯,关灯,开灯,关灯。重复了十几次。他没有等她做任何回答,便开门走了出去。

他才离身,她便明白,原来她希望他留下。但他走了。她一个人站在全白的大理石浴室里,回味着刚才经历的一切。她闻到他的味道,她记得这个味道,这气味提醒她一种不祥的预感。她靠近洗手台,仔细地在镜中端详自己的脸,仿佛脸上有什么答案。

她走出浴室,回到晚宴,手机零件小开还在。他问她,还想喝吗?她摇了头。"你注意到没,从那个角度望过去,看得到大喷泉。"他告诉她,她点了头。"你知道大喷泉到底有多高吗?"

---

① 法语,意为"我想你"。

她在人群里找他,他搂着之静和几个人有说有笑。"你知道吗?"小开问她。"呃,不知道。"她看着一张不知情的脸,他并不知道发生了什么事,"一百五十公尺。"

那一天是何之静结婚十周年纪念日,大家都喝多了,之静看起来很开心,她走过来,对着小开笑着说,"我就说你们俩一定聊得来,是不是?"而她没多说话,最多也只是嗯嗯对啊,她看着那个跟她一起走进浴室的人走向她和之静。

他就是何之静结婚十周年的丈夫。

# 总得喝完这杯茶再走吧

李圣芬躺在床上,努力想再回到刚才的梦里,但屋外的谈话声不断,她只好起床找耳塞塞进耳朵里,然后继续睡。谈话声越来越大了,没有例外,每天如此,她在这里住了近半年了,一切舒适,只有一个缺点,租房子给她的房东夫妇每天六点起床,七点不到便在厨房的餐桌前吃早餐喝咖啡,而她住的房间就在厨房正对面,不早起都不行。

六个月以来,李圣芬也慢慢调整过去夜猫子的习惯,也就接受了早起闹钟。昨夜她是因为晚睡,今早的起床特别困难。

这是普罗旺斯市中心的一栋路易十四时期的建筑,李圣芬住在房东他们那不回家的女儿的房间。仅仅能每天走进这栋建筑的大门,她便觉得很开心。她曾经抱过遗憾的念头,这不是她的家,她毕竟不能永远住下去。

她仍然躺在床上。粉色窗帘低垂,几颗刺绣做的布球吊挂在墙上,沿着墙壁贴着一张法籍足球明星齐达内的海报,旁边是三〇年代法国冒险家 Rousseau 的明信片,靠近床头是一张某人自绘的卡片,一支箭射中红心,卡片上写着法文:巴丝卡儿(Pascale),我好爱你。卡片上还看得到真实的滴血。书架上摆了几排书,大部分是教科书,书架最上方一架地球仪灯还亮着,昨天晚上忘了关,整个世界就这么亮着。外面是鸟悦耳鸣叫的夏天。

巴丝卡儿是房东的独生女,据说和父母处不好,和男友私奔到巴西,已经半年没回来了。房东夫妇好像很忌讳谈这个问题,李圣芬因此也不敢多问。也许也因为如此,房东夫妇才待她如女儿吧。有时她这么想,无论如何,能住在这里,她真的是算幸运了。

屋外的谈话声越来越大了,她逐渐听出来,房东夫妇似乎在吵架,至少,房东太太不断焦躁地指责她丈夫。

房东太太祖上是匈牙利人，她的红发已经开始大量掉落，稀稀疏疏的，这使她看起来有点神经质。她烟抽得很凶。虽然已有钟点工来帮忙，但她每天还是忙着，整栋房子已经不能再干净了，她还在打扫，用消毒水搓洗抹布，不时查看洗衣机里衣服洗好了没。有时，李圣芬在走廊与她擦身而过，她会用法文问：您有没有什么需要？一切还可以吗？然后再加上一句：真不容易，这法文真不容易学啊。仿佛自言自语。

她的丈夫是私家车司机，为欧盟一个高级外交官工作，平常话很少，吃过早餐后通常会忙到午夜才回家，然后独自在厨房喝两杯红酒，才回卧室去睡。他对李圣芬很礼貌周到。

李圣芬躺在床上，还不想下床。她听到现在房东太太数度以"她"为主语，提高声调地说话。这使她生起好奇感，她起床走到门边，将耳朵贴在门上想把字字句句都听进去。

"我现在不在乎这些了……我早知道她是什么人，我早知道……瞒不了我，这一切。"女人喝一口咖啡，以悲戚的声音说。

"这里本来便不是她那种人该住的地方……这里，你怎么不问问你女儿？你女儿呢？被你逼走了，你不敢说，你不敢承认是吧……"上了年纪的女主人声音有点颤抖，李圣芬猜想她可能穿一件灰蓝色洋装，腋下已湿了一片。

男主人什么也没说，他大概在吃他的面包涂果酱，喝他的立顿袋茶，努力装作在听话的样子。

"我说嘛，谁知道她是什么人，她想在我们这里干吗？她应该回她自己的国家去才对。"她站起身来收拾餐具，布满皱纹的嘴巴上一定叼着一根烟。李圣芬拉开一点门缝，想知道今天早上到底发生了什么事。

"这跟她无关，一点关系也没有。"男人突然停下来，大声对女主人太太吼了一声。他的女人愣住了。"我就知道你会帮她说话，我就知道。"她又坐下来，用手上的抹布擦拭她面前的桌面，她的烟仍叼在嘴上，她似乎想把一切擦去，一切她看得到的、令人不愉快的、不洁净的东西。男人把剩下的一口面包丢在桌上，站起身擦擦嘴，便出门了。

今天屋外的阳光出奇的亮，法国南部的夏天，昼长夜短，空气里有一种无法形容的清新气味。李圣芬走到窗边拉开窗帘，站着看远处的一家私人网球场，一男一女在练球。

两年前她来法国留学，先是住在语言学校宿舍。但她受不了与她同住的丹麦女孩，经常带不同的男生回来，趁她不在时做爱，都不好好关门，使她成为闯入者，到最后反而是她自己觉得为难，决定搬家。她先搬到另一个语言学校与同学住了一阵子，然后到处找房子。这户叫贝候的人家刊登了租屋启事，他们因为女儿去巴西求学，所以有空余的房间租给女学生。

李圣芬搬来后，很庆幸自己找到这么好的房东夫妇。房东太太常亲自做菜请她品尝，譬如她不常吃的北非菜Couscous，并且耐心教她做各式蛋糕。李圣芬总是坐在厨房边的一张椅子上，看着房东太太紧张地忙来忙去，每次要起身相助总被她拒绝。

房东先生也对李圣芬出奇地好，常常和气地对她眨个眼睛，善意地修正她的法文发音。有一次，他深夜回家，看到她房间的灯还亮着，便轻敲了两声门，李圣芬因为累了，没打开门，佯装睡了。第二天，房东先生特别来跟她解释，镇上图书馆有一场台湾电影欣赏会，他要提醒她去参加。

厨房已有一段时间的静谧。然后贝候太太又开始在房子里到处走动，她走路开门移动物品的声音大得出奇，这跟平常不一样。平常，她知道李圣芬此刻还在赖床，她多少会试着放低声音。

李圣芬想，会不会是发生了什么事？跟她有关系吗？为什么贝候太太那么生气？也许是昨晚的事情有点不对劲吧，但那是贝候先生的坚持，与她无关。

昨晚，她去一个刚认识的法国女孩住处聊天，十一点过后才回家，厨房的灯还亮着，贝候先生满脸通红正坐在桌边喝红酒。他刚刚才用过餐，看到她回来，似乎很高兴，连忙招手要她过去。

"来试试这瓶圣埃米昂。"他已经站起来取了酒杯。"不，谢谢，不打扰您了。"李圣芬唯一希望的是能喝一杯冰开水，她转头就走。她突然觉得他今晚似乎专程在等她回来。

"我一直盼望有机会和你聊聊台湾，我对那个小岛很感兴趣。"他已开始替她斟酒。

她坐下来陪他喝一杯。她不好拒绝，尤其是房东，眼前是一个落寞中年男人的样子。他的妻子已在沉睡，他说她睡觉会打呼。

贝候先生很开心地和她聊到半夜一点，她几度起身道晚安，都被他挽留，又坐了下来。都是他在说，原来他并不快乐，而且跟贝候太太也处不好。他说他是一只困在槛里的动物，早已不知自由的滋味。他也提到自己的宝贝女儿是被妈妈气走的。

李圣芬很讶异。她注意到贝候太太的房门确定是关着，屋内灯也关了。她安慰贝候先生要看开一点，不要再想出走的女儿。贝候先生点头称是，然后要她等他一下下，小心翼翼地走出家门。李圣芬不明白为什么，她便直接回到自己的房间。

贝候先生回来了，他敲了她的房门，将一个包装袋子交给她,"这件洋装是外交官的宝贝女儿买的,她说,她不要了,我看尺寸刚好与你符合,收下来吧。"他压低声音不愿吵醒已入睡的太太。

她不喜欢那件洋装,所以拒绝了几次,但他始终不把她的话当真,"我一直希望能让你开心,"他一脸感伤地说,"虽然礼物看起来不那么有诚意。"李圣芬想想便不再推辞了,以免他继续谈话。她向他道谢,他指指他的脸颊,他的意思是希望她以吻颊礼谢谢他。

喔,老法!李圣芬学了两年却学不来的吻颊礼,不是没吻到便是撞到别人的颧骨,否则便是说不准要吻几次,因此她最怕这道礼数了。"晚安。"她转身就走,而就在她转身时,他突然激动地抓住她的手臂。她吓了一跳。

"我真的很喜欢你。从你来到我们家的第一天到现在,我一直想告诉你……"他满口酒气,眼里布满血丝。李圣芬挣脱他的手,站在门口看着他好一会儿,关上门。她当他醉了,累得倒了下去,一会儿便睡着了。

李圣芬决定打开房门,往走廊走去,她并未看见贝候太太。李圣芬走向厨房,开始烧水泡茶,呆坐在椅子上。那张椅子平常是贝候先生坐的,但因为他多半不在,李圣芬像一个替身般地坐在那个位置。

当她的茶泡好时,贝候太太走进厨房,看都不看她一眼,只顾手忙脚乱地整理东西。李圣芬向她道早安,但她没回答,做一些根本不必要的事,洗那只刚刚才取出来用的烟灰缸,用力洗完后又用抹布仔细地擦拭,之后放在桌上。她把嘴上的烟拿下来弹一弹,新的烟灰又掉进刚洗好的烟灰缸里。李圣芬没再喝茶,平静地看着她。

"我想您无法在这里再住下去了。"贝候太太语气冷漠地说,鼻子微微翕动着。

"什么意思?"李圣芬并不是很激动,事情发生时,她总是冷静,要等事情过去后,她才会激动。

紧张的老女人没有回答李圣芬,她快步走出厨房,样子十分气愤。李圣芬一直坐在椅子上,她还在等答案,为什么立刻要她搬家,到底是什么原因?她做错了什么?

她一直坐在那里。或许离开这里也好,这两个人太奇怪了,她安慰自己,她听到贝候太太在客厅打破了什么东西。

她走到厨房外看了一眼,贝候太太仍然手不停脚不停地忙着,她再度走回厨房,看着桌边的她。"我刚才说了,您没法再慢条斯理地坐在这里了,您得走了,懂吗?"她以急促的声调说着,有点紧张也有点心虚地看着比她年轻至少二十岁的李圣芬。她咄咄逼人,眼里都是妒意。

"我总得喝完这杯茶再走吧。"李圣芬想都不想便冒出这句话,她感受到的是一种隔绝感,自己似乎被人用力向后推着。贝候太太手上拿着一条桌布,愣了一下,然后又站在椅子上,在厨房上方的柜子里找东西,她将一些锅碗瓢盆都搬到桌上,分明要使喝茶的人难堪。身体肥胖的她,禁不起这么忙碌,忍不住开始气喘起来。

李圣芬突然觉得这个神经质的法国女人说不定会拿起锅砸她的头,或者什么的。她不知该说什么,这人似乎有点疯了,而逐客令无时无刻在进行。李圣芬也生气了，她想质问她到底发生了什么事，但她站起身，脱口而出的竟是：给我一些时间，我走。

她在二十分钟内将自己的行李全都收拾好。离开贝候家前，房东太太走进房间检查所有的物品，好像把她当成贼，她一边检查一边说，"谁知道你们中国人，谁知道，也许你已经破坏了什么，谁知道！"

李圣芬平静但快速地将她的行李箱搬到大门口。她的行李很简单，只是一幅自画像、一些书及衣物。李圣芬提着这幅画，拉着她的行李往门外走，她连叫一辆出租车都不愿意，她也被激怒了，这个房子，她一分钟都不想再待下去。

她将行李往前门拖，头也不回。贝候夫人似乎有点意外，坐在厨房里喝咖啡和抽烟。李圣芬知道，她离开这里后，她不会再看到这个神经兮兮的女人，这对怪异的夫妻。

昨晚那件洋装仍然装在纸袋中，被放入房间的废纸篓。

李圣芬抱着画像和行李坐在马路边发了一会儿呆，然后拉着行李再往前走。她一直走到市郊干道,经过的车子并不多,且开过的车子车速都很快,似乎没有人注意到她。突然之间,一辆崭新的跑车停下来,开车的中年男子摇下车窗,问她要去哪里。她抱着画像趋前和他商量,也许他可以载她一程?她告诉他地址,但戴太阳眼镜的男人似乎没听懂,他示意她先上车,他说:我载你去。

他下车帮她把行李平稳地放在后车厢里,戴回他的太阳眼镜。李圣芬现在才注意到他黑发浓眉,手臂上有刺青图案,他正打量着她的腿,"想去哪里?"他问。李圣芬用手擦擦额前的汗,她说:米勒街十五号。她想去一个熟识的朋友处过夜,然后再想下一步。

戴太阳眼镜的司机不一定是法国人,她也没问他,他话不多,因此她一路也没说话,反正是一程。她把头靠向车椅背,一种暂且从贝候家解脱的感觉使她觉得轻松,她望向车外,脑筋里一片空白。男人转头看她一眼,好像要说什么,但他也没说。

这辆崭新的跑车并未朝向市中心米勒街,而是往山区偏僻的小路开去。

# 别忘了头上戴朵花

当飞机抵达旧金山时,整舱班机里没有人比小元更忙乱了。她先是因为脚胀,一只脚穿不进马靴,用力拉得手发痛,在快走到前舱时,又发现手机的耳机放在座位前的夹层里,急忙逆行走回去拿,好不容易才跨出班机。

*如果你要到旧金山,记得在头上戴几朵花*
*如果你要到旧金山,你会遇见许多和善的人*

这首歌的歌词从小她就会背了。她怀着忐忑不安的心情,进入机场,这是她第一次来美国。几天以来,她一直想象着旧金山,这个对她意义非凡的城市,现在,她终于来了。她紧张地用力吸口气,道别在飞机上认识的一对在东京登机的美国老夫妇，提着一箱行李，站在机场大厅中。

现在只剩下她一个人了。

机场的扩音机传来一阵播报，小元立刻屏息听着。她的英文不够好，生怕说了什么她没懂的，或许是她父亲留给她的讯息？播报员报了两次，然后，有人再以广东口音的中文说了一次，跟她无关，当然也不是她父亲给她的留言。

她和她父亲从来没见过面，这是第一次，二十五年来第一次，多么不容易的第一次，关于她父亲，她知道得太少了。来旧金山前，小元的妈妈什么都没说，连她第一次出国也不去机场送别，从头到尾不置可否。

行前，她一直问，"应该带什么礼物给他？"她妈立刻不高兴地说，"你说应该带什么礼物呢？他又带过什么礼物给你？"之后好几天，她看得出来，她妈的情绪很不稳定，每天都出去打麻将。

小元知道她妈还在恨他，恨那个据说是她父亲的男人，随着时间的消逝，恨意却有增无减。小元原以为她妈其实不希望她去,她便推说不去了。有一天,她妈坐在沙发上抽烟,轻描淡写地却丢下一句:去找啊,去看看他是什么人啊。

从小到大,每次小元问到父亲,妈妈总是无言。有时她坚持问下去,妈妈便生气地指责她不努力不长进,老是借口转移话题。后来,小元甚至还和母亲为此吵过架。

十八岁以前,她妈妈都说她爸死了,她出生那年死的。后来,有越来越多的疑窦,小元终于知道她爸爸没死,还知道他住在美国加州,她想与父亲见一面的计划,在高中毕业后就越来越积极。但她妈妈老回答,"找他干吗,那种人,就算躺在棺材里,我看都不看一眼。"

最后一次大争吵,小元提到的那句"已经活了二十五年了,总有必要知道自己的生父是谁吧?"可能起了某种作用,何况她用自己赚的薪水买机票。

"已经二十五年了,你知道二十五年有多长?二十五年是四分之一世纪。"那一次,小元说。她妈把头别过去，沉默了好一会儿，才走回房间。

不久，倔强的妈妈终于默许这件事，把一个很老旧的联系地址给了她。

小元在台北办美国签证时，移民官问她要去美国做什么。她说，要去看我父亲。移民官接着问她许多她父亲的问题，有的她甚至答不上来。当时，不但移民官好像怀疑她在说谎，连她自己都有一种错觉，仿佛她父亲并不是她父亲，是她自己想象出来的，事实上，她连他究竟长什么模样都不知道。那一天，她很想对移民官说，"我妈怀我四个月时，我爸便把她抛弃了。"但她没说，她当时只是很生气地看着那个大约四十几岁还在长青春痘的美国人，好像她之所以不了解自己的父亲，都是眼前那个人的错。

小元拖着行李走出海关，走出通道。她四处张望，谁是她父亲，谁会是她父亲？她紧张地看着所有年纪五十左右的东方男人，心跳不停加速。

她就站在通道外头，神色不安地等着，东张西望，等着她从未谋面的父亲。

一个看起来像中国人的中年男子手上拿着一张纸。小元急忙靠近他,读着他纸上写的文字,上面写着日文名字,她有点失望地稍微靠边站,以免挡住成群结队从海关蜂拥出来的旅客。

确定来旧金山的班机后,她曾经和她父亲通过电话。在电话里,他的声音异常温和,她从来没听过任何人有这么温柔的声音,她很惊讶,有这种声音的男人,怎么会在妻子怀胎四月时便把她甩了?

从小她母亲绝口不提的男人,在小元的想象中,应该是有低沉有力的声音。她父亲在电话里耐心而且仔细地说明所有的见面细节,从他住的地方开车到旧金山机场需要两个多小时,到时,她若看不到他,请她到机场餐厅等他。之后,他还很周到地将餐厅该怎么走,全画在一张图上,用电子邮件传给她。

小元找出她父亲画给她的图,仔细研究起来,但是手绘画她根本看不懂,她有一点着急,转身问了路过的人,很快还是找到了餐厅。她先看了四周,确定餐厅里没有东方面孔后,找了一个视线最容易寻找的座位坐下来。

一年前,小元的继父过世了,或许这才是她妈妈不再坚决反对这出"万里寻父记"上演的主因。她妈妈不爱她继父,这点小元看得出来,或者,她一直这么认为。前两年,她有一次因为想搬出去住,还和她妈据理力争,她妈居然又伤心又愤怒地指责她,"我嫁给你继父,是因为怕没钱养你,你搞懂没?"她当时也顶撞她,"只因为没钱就嫁人,那不是跟妓女差不多!"她妈妈一听愣住了,然后仿佛完全同意她的说法,"是啊,没错,是妓女,你妈是妓女,没错。"她妈走到她面前,狠狠打了她一个耳光。

那一次,搬家的事因此拖延下去。也因为这件事,小元总觉得她妈其实并不爱她继父。他们年龄相差十几岁,继父内向孤僻,是个好好先生,平常在家也不说话。还有,印象中,他们两人一直分房而睡,这些都让还没真正谈过恋爱的小元相信自己归纳的结论。

那么,她妈是不是爱过她父亲呢?小元曾经多次偷看她妈的一只宝贝箱子,在一堆文件里发现一封信。那封信写得深情款款,没有署名,日期是她出生的前一年,信上贴了一张黑白的男人侧脸剪影,是她父亲吗?这张黑白侧脸剪影便是她对父亲的全部印象,好几次,她拿着这纸剪影,努力地想象自己父亲的模样。

"请问你是小元吗?"一个上了年纪的亚洲男人问她,她看着眼前这位讲中文的男人,没来得及讲话,"我是吴燕民,你父亲。"他微笑着,并且自个儿拉了椅子坐下来。

"一号公路今天发生了一起车祸,对不起,你等很久了吗?"他的声音仍然那么柔和,但是,怎么会是他?小元说,"您好……"她看着这个自称是她父亲的人,一时有点疑惑,她父亲怎么会这么黝黑矮小?而且跟身边任何陌生人没有两样,或者,他其实只是陌生人。小元不知该说什么,只好陪着他勉强微笑。

"我就是你爸爸啊!"眼前的男人高兴地说,"来,我们先在这里吃点东西再上路,我有好多计划,待会儿一边吃一边讨论。"他伸过手拍拍她的手臂,神情相当愉快。小元突然发觉她父亲笑起来的脸跟她有点相像。

她茫然站起来和她父亲去吧台取菜。他点了煎鱼，转头问她要吃什么。小元说不饿，但是她父亲坚持，"一定得吃点什么东西，一定得吃一点，否则等一下在路上会挨饿，来个汉堡吧。"他为她点了一个汉堡，她来不及反对，她父亲就坐在那里不停地开始说话。可以看得出来，他很兴奋，也很紧张，可能比她更紧张。

他将头上戴的一顶绒布帽摘下来，小元发现她父亲的头发几乎秃了一半，两鬓也都白了。"我就知道我女儿一定很漂亮，"他频频地点着头，"大学都毕业了。"他又说，似乎自言自语般。

当服务生把牛排和汉堡送来时，小元突然觉得胸口很不舒服，好像有什么压力在推着她。"吃吧，要不要来一点番茄酱？"她父亲把汉堡轻推到她桌前，她皱着眉头，没说话。她突然有一种挫折感，也有些疲倦。她父亲仍不停说着话，他一点也没察觉她此刻的悲伤。

在谈话中，小元知道她父亲在离开她妈妈后来了美国，之后很快结了婚，他和另一个女人生了三个儿子，小儿子在出生过程中出了问题，成为重度智障儿，至今还住在家里,需要照顾,而这个工作都落在他的妻子身上,她不但要独自照顾一家杂货店,还得打理家里的一切。而他前后投资的汽车零件和计算机零件生意都不好做,最近才全部结束掉,从此不再碰生意。

他说,他妻子可能劳累过度,两年前得了癌症走了。现在他好不容易和自己的女儿联系上了,他说最近他想要为她做点打算。"为我?"小元吓了一跳,有点受宠若惊,她望着她的父亲,她刚刚才遇见及认识的父亲。

他想也许她能搬到加州来和他住,"多一双筷子也不会怎样,而且,你可以照顾你弟弟,"他大口喝着啤酒,"你平常都吃这么少吗?长这么高吃这么少怎么行?"他问她,而她只无可奈何地耸耸肩。

"你如果想继续念书的话,也可以,你在大学念什么科系?"她父亲问她。"中文系。"她说。"中文系?"他想都不想,"念中文系在美国没什么用,你可以改读计算机或工商管理……"他兴冲冲地说,一边喝着啤酒,然后把番茄酱一股脑倒入薯条中。"我不想念计算机或工商管理。"她回答他,她发现自己的声音好细微,几乎被餐厅的音乐淹没了。

"Pardon me?"他抬头问她,但她没搭腔,然后他不以为意地继续说下去了,"你爸是两袖清风,到时可能也不能帮你太多,但是你住在家里,可以半工半读,你觉得呢?"他看着她,好像在等她回答。

"我,我不想读书。"她突然有一种想法,她觉得她必须拒绝他,她根本不想认识她"弟弟",更何况是去照顾他?她必须拒绝这个突然就当起她爸爸的人。过去,她父亲是一个陌生人,现在她父亲仍然是陌生人,一个全然的、不能再陌生的陌生人。

他们坐在餐厅里已有好一会儿,她父亲一个字也没提起她母亲。"读书也好,我这一辈子就是书读得不够,才一事无成、一事无成。"他摇摇头,似乎有点悲观地说,"人老了,什么都没留下,可悲。"然后他突然停下他的刀叉,"还好,我还有一个女儿,所以也不能说一无所有。"他眼睛里闪着一些光芒,看起来好像是泪光。

"我没有你想的那么好啦,"小元说话的声音逐渐明晰确定,但同时,她感到非常矛盾,她一面想安慰他,一面却想和他保持距离,"而且你也还不老,来日方长的。"她说时,似乎也感到一丝愧疚,但愧疚感很快又被荒谬感取代了。

她从来没见过面的父亲,置她不顾、抛家弃子的父亲,居然在年纪大时,把一辈子的希望放在她身上,他完全忘了是谁把她生出来。

"是老了。"她父亲拿起纸巾,仔细地擦去嘴上的油渍,"这几年照顾他也够累了,我是说 Richard。"他是指她的同父异母弟弟,那位智障的弟弟。

过一会儿他又说,"唉,我怎么想都想不到,我女儿都这么大了,又聪明,又能干,又漂亮。"他布满皱纹的脸看起来有点愤世嫉俗的样子,但一刹那中又似乎充满了遗憾和悔意。

小元想问他,当年怎么会离开妈妈呢?或者,这些年,可是漫长的四分之一世纪了,他究竟在做些什么?除了他说的已经顶让出去的杂货店,他的生活怎么过?常常想到她们母女吗?他为什么从来没有试着跟自己的女儿联系?他不在乎自己的亲生女儿吗?那么多却全化为一个大问号,在她脑里转着,她却不想去问他了,从哪里开始问起呢?她觉得那些问题再也不是问题了,一点也不重要了。

"我没什么嗜好,除了喜欢打点小牌和喝点酒,"他说,她看着桌前的啤酒罐,"三罐,不多,还能开车,"他说完有点难为情地笑了,"我们走吧。"他站起来寻找服务生,看不到人,又坐了下来,"对了,我已经帮你布置了一个房间,不知道你喜不喜欢,等一下你看了再说,现在房子小一点,过几年 Richard 去疗养院以后,就会有你自己的房间。好,等一下看了再说。"他说话的态度像是她父亲。是的,小元想,他是她父亲,她知道他在试着做她的父亲。

眼前这个瘦小的男人不是她父亲,他来这里是要接她去照顾他的智障儿子,她听到自己耳朵里嗡嗡作响,她看着她父亲向服务生结账。

"我去上一下厕所,上完厕所我们就走,我的车子在下面的停车场,你的行李就这么一包?"她父亲站起来，仿佛想安慰她，但能表达的语言却不够。他站在那里一会儿，没有说什么，突然轻轻地拍着她的头,"现在，一切都好了，一切都过去了。"他告诉她。

小元看着他转身走去，望着他的侧影，完全与那黑白剪影无关的侧影，她无法想象她父亲是那个走过去的男人，或者，是那个刚才坐在这里的男人，对她来说，他跟任何走过去的路人没有两样，根本没有两样。

她快速地从座位上站了起来，提起那包放在地上的行李，头也不回地走了。

她一直走到机场的另一端，确定她父亲找不到她的地方，才停下来。她不知道她要去哪里，她必须好好想一想。但她知道，她不想去她父亲那里，他不是她父亲，父亲只是她想象出来的人物，一个虚构出来的人物。

# 谁来爱我


小桥坐在房间地上听音乐,是贾斯汀·比伯。她妈妈正在客厅用吸尘器,小桥戴着耳机听不到妈妈对她说什么。

贾斯汀的音乐被妈妈打断。小桥,你怎么搞的,为什么沙发下会有汤匙?她妈妈通常只有两种表情,第一种是不太高兴,第二种是不高兴。现在是第二种。小桥拿开耳机,你说什么?

跟你讲过几百遍了,不要在沙发上吃东西,你老是不听,你怎么搞的呢?你这小孩,你爸爸在的话一定会很生气,一点教养都没有。她妈妈一开口就说个不停。小桥又把耳机放回耳边。

她妈还在说话,并且一把将她的耳机抓起来。哎呀,你拉住我的头发了呀,她说。"为什么在计算机上贴这什么的怪东西?"她妈指着计算机壳上的照片贴纸,那也是贾斯汀·比伯,"这是你爸爸的计算机,不准你乱贴东西。"

不但计算机,连房间也是她父亲的,她现在的房间是父亲以前的书房,连书桌和柜子都是他的,衣柜里还有他的西装和领带。"这些毛衣为什么丢在地上?"她妈妈走向她。小桥放下耳机,打开音响,她爸爸的音响。她抗争了很久,才获得使用权。但不准动她爸爸的CD,小桥的爸爸喜欢听古典乐,他有一整排CD。

小桥从小听流行音乐,她根本没听过别的。小桥是混血儿,很多人都说她长得很甜美,轮廓比较像父亲。她父亲是英国人,十四年前去台湾出差时认识她母亲,一年后她就出生了。她在伦敦长大,最大梦想是去纽约,她喜欢吃她妈不喜欢吃的印度菜,平常都说英文,只和母亲一个人说中文,她最怕和母亲吵架,母亲会说一大堆她不懂的中文句子。

她妈也会说,我真不了解你呀,你这个英国人。或者她也会说,你爸爸不会这样,你爸爸也不会那样。

她妈在台湾的一家计算机分公司上班,有个英国老板,有时她也听不懂英国老板的冷笑话,回家会问她。

还有,她妈一天到晚都在收拾打扫。因为她爸爸是有洁癖的人,她妈以前为他打扫,现在还在为他打扫。小桥看着她妈打扫的背影,拿下耳机,"你说什么?"她问。"我说你不知好歹。""不知好歹?"小桥耸耸肩。她妈说完话,要离开房间时,突然又回头,"你呀,你把爸爸的照片放哪里去了?"她妈妈问她,她感觉得到她妈妈十分不满,但小桥自己也生气了。

"照片就在里面嘛。"她说。"哪里里面?你发疯了,整天就疯着这个小屁孩男生,你爸爸呢?你爸的照片呢?"小桥的妈妈很激动,她不喜欢小桥搬动她丈夫的东西,已经教训她很多遍了。

"你不知道你有多蠢吗?"她妈一直告诉她。一阵子以来,她会和妈顶嘴。"你爸在的话就好了。"这也是她妈的口头禅,她已经听过太多遍了,她把装她父亲照片的相框拿来装贾斯汀,她父亲的照片被藏在贾斯汀的下面,她刻意如此,她不想每天对着父亲,"我不要他每天看着我。"她说，并指着房间他处，你看，一个，两个，还有客厅那个，全是爸爸的照片，我拿来一个装别人有什么不好？小桥理直气壮。

不准，你不准动你爸的照片。她妈气得大叫起来，然后便费力把相框里的贾斯汀抽了出来，撕得一分两裂。小桥急得跳脚，那张是她同学卖给她的，上面有贾斯汀本人的签名，她偷偷存了好几个月的零用钱才换来的照片，现在被撕毁了。

她气极了，对着她妈尖叫了一阵子。她妈不知所措地看着她，"你疯了吗？"

"难道你爸爸没有这个人重要吗？你怎么可以这样对你爸爸？"她妈妈当她的面伤心地哭了，手上拿着爸爸的照片。你说，是谁比较重要？她妈又逼问她。

她知道她的回答一定会让她妈更难过，但她非说不可。当然是贾斯汀比较重要，她告诉她妈，"爸爸已经死了，贾斯汀还活着，爸已经死了，爸爸已经死了！"小桥大声地对她妈说起英文，她很生气。她妈一直当她爸还活着，而从来不理会她的感受。她父亲什么也没说就死了。她从此变成没有父亲的人。

　　小桥的妈愣住了,好像被这句话吓着了。她放下吸尘器,一直站在那里。小桥不知道还可以说什么,她也沉默地站在房间里。母女二人站在一个房间里,那房间本来住着一个人,现在还住着一个人,一个不在的人。

# 请问，那是你父亲吗？

苏美薇三十二岁那年秋天第二次看到她的亲生父亲，却与他擦肩而过。

那一年，她被她任职的美商公司擢升为台湾分公司部门主管，而那一天台湾分公司招考企划部和会计部员工，她必须出席。走进公司会议室前，看到一个父亲陪着女儿来面试，那个上了年纪的男人她觉得眼熟，但她想不起来，究竟自己是否见过他。男人转身走了。面试也开始了。

她在应聘名册中找到一个名字：冯佳冬。冯佳冬？苏美薇注视着这个名字，脑子里开始一小段故事。

苏美薇小时候便发现自己的名字有点奇怪。"为什么弟弟他们都姓父亲的赵，而我却姓你的苏呢？"打从她识字后，她便问过母亲。"那是因为我们报户口时报错了，没时间去改回来。"她母亲曾经这么告诉她。"那我是不是本来应该叫赵美薇呢？"她追问，而母亲的脸上掠过一抹不确定的表情，没再说话。

从此，她对自己的姓名便很好奇，常常故意在笔记本上写下"赵美薇"这三个字，过一阵子，她又会将"赵"改回"苏"。她觉得"蘇"这个名字有鱼，而且听起来酥酥的，虽然赵也有走字旁，那"走"可以一撇，写起来蛮好玩，但是没有"苏"好听。

她的父亲赵其德有两个家，她只知道他每个周末不会回来，按照母亲的说法，他在外面兼差。后来她才明白：他还有另外一个家。他在那个家有三个孩子，在这边，他也有三个孩子，她和两个弟弟。

她常常想，父亲在那边时是什么样子，是否跟在这边一样？穿一样的衣服，吃一样的食物，和他那边的孩子讲一样的话？她的确长得一点都不像父亲，别人的父亲都经常和孩子在一起，而她的父亲从来不管她，他对她没有任何要求，也很少对她说话。他白天上班，下班后和母亲都在巷口忙着牛肉面店的杂事，周一到周六中午,他在牛肉面店里吃饭、看电视、算账,似乎就住在那里,只有夜深才回家睡觉,周六下午,父亲便准时离开,周一中午才回来。

十二岁那年夏天,苏美薇到老师家补习数学时,无意间在洗手间里听到老师和师母的谈话。他们站在离洗手间不远的厨房里,大约以为她正在客厅里与其他同学写作业。"是不是因为苏美薇不是老赵的女儿?"他的数学老师问他的妻子。师母在油锅里下菜,她正在准备午餐给大家吃,"老赵会给补习费。"他们的声音并不清楚,苏美薇竖起耳朵,但炒菜声太吵了,她听不见回答。她在洗手间里待了大半天,一直到有人在外面敲门。"苏美薇?"她听到她的同班同学在外面喊她。那一天中午,她佯装吃饭,其实她什么也吃不下。

"今天怎么啦?一句话都没说。"她的师母突然为她夹一块肉。她不能也不想回答,她又尴尬又气愤,只想从地洞钻进去,或立刻从餐桌上消失。这个世界好奇怪,她在心里喊着,她的父亲竟然不是她的父亲,她竟然最后一个知悉。她觉得大家都在玩游戏,只有她一个人不能参加。她被阻挡在这个世界外面,成为一个孤单的人。

"没什么,那个来了。"她支吾说着。那时,一些同学已经有月经,她还不知道月经是怎么回事,但她觉得这一定是好借口,只要说"那个来了",大家都无语,仿佛很庄严。果然,师母看着她,没再说话。那一天,她匆匆回家,她一定要再向妈把话问清楚。

"他在你出世之前便死了,"妈妈不愿意回答女儿的问题,故意装出漠然的神情。她"爸爸"赵其德一早又去了"那边",每到周末妈妈便闷闷不乐,苏美薇则在牛肉面店的桌前帮忙剥着四季豆,这是一个客人稀少的周末下午。"所以,我带着你和现在这个爸爸在一起。"

"那他怎么死的呢?"美薇装出轻松的语气打听。"生病死的,"她母亲理所当然地说,"你不要问那么多嘛。"她妈在忙着准备熬汤,美薇心里有许多怀疑,之前,她也听说母亲和从高雄来的阿姨说过那样的一句,"她跟那个家伙一样倔强,不,简直便是那混蛋的翻版。"她直觉她妈是在说她和她亲生父亲。

苏美薇关在房间内一整天,饭也不吃。快半夜了,她妈敲了门,端了一碗汤圆进来,她默默地吃了。别人都有父亲,唯独她没有。"我想知道他长什么样子。"她又问起父亲的照片的事。她妈仍然说没有,好像在警察局不肯招罪似的。

有时日子过一阵,她也忘了追询这件事,但偶尔一些蛛丝马迹又让她想起。譬如,苏美薇在母亲梳妆台的抽屉里找到一个银镂的珠宝盒,里面有一只金戒指,戒指后刻着"心心相印冯苏之喜"八个字,而珠宝盒内有一张质量保证书,上面写的购买日期是她出生后半年。

她又开始寻找答案,像在寻找光源,像在停电的暗室中寻觅蜡烛。她又开始和她妈过不去。有一次,她妈忍不住斥责起来,你究竟为什么一定要知道这么多?苏美薇看着她母亲因激动而剧烈咳嗽,"你如果是我的女儿,就不要再问这件事。"

她决定平静下来,做她母亲的女儿,她应该把亲生父亲这个人忘掉。赵其德不管是不是她父亲,当她向他要钱时,他很少拒绝,也从未打骂过她。她反复地想着,他对她虽不像对两个弟弟,他亲生的儿子,但也许那是因为她是女生,而且她不应该再伤母亲的心了。

那些想法持续了半年。有一天,"父亲"这两个字又跑进她的心里。那天是雨天,因为没带伞,所以她和另外一个女孩留在老师家做功课。雨停时,女孩走在她前面,先走一步,苏美薇故意在阳台上慢慢穿鞋,她终于鼓起勇气问了。

"师母,你认识我真正的爸爸吗?"她直白地问,她的师母被她的问题吓了一跳,"你怎么会问这个?"她们站在阳台上好一会儿。"他是不是已经死了?"苏美薇的眼神羞怯,仿佛她一生的大错已由自己铸成,站在阳台上为学生开门的师母满脸狐疑,"他没死啊,谁告诉你他死了?"

原来,她爸爸没死。他又复活了,她心里慢慢浮起一个画面:一个英俊能干又爱孩子的男人,而且穿着白色套装。她的师母是她母亲苏美云的小学同学,她们两人正因她爸的事不讲话,从此不再来往,但是她不讨厌苏明云的女儿,她甚至答应让苏美薇来上丈夫的数学补习课。

"美薇,你进来。"师母温柔地叫住她。师母知道的也不多,除了她父亲的姓名,他在公路局上班,她不知道他住哪里。

那一年夏天,只要她看到公路局的公交车,一有机会便登上公路局公交车问起司机,任何司机。"你是我爸爸吗?"她总是这么问,但没有人是她爸爸,也从来没有人认识她爸爸,"冯信文?在哪个单位?你怎么会不知道自己的爸爸是谁?"

有一天,她站在回龙车站等车时,一个公路局司机在对面的车上对她招手,他从车窗上问她,"你是不是在找你爸爸?"那时,她已上国二了,她穿着新的制服,剪了短发,正准备搭车回家。

她记得那个司机,他对她非常友善,她曾经问过他是不是她爸爸,他那时便曾答应要帮助她寻父。

"你等一下。"他将头探回车里找寻什么东西,"这是你爸爸叫我拿给你的,"他从车窗上交给她一包东西,"你叫美薇是吧?"他又问她。她接过报纸,并告诉他她的姓名。"他要我告诉你,要好好读书哟。"他说完便将车子开走了。

她站在车站前,打开那个提包,两份国语日报和一件孔雀行的棉袄。她将报纸细心折起,将棉袄披上,这些已成为她与父亲的联系,父亲,至少父亲这两个字已成为她生活的重心,她内心最重要的构成。她想象的父亲有时长得像日片演员三船敏郎,她想象她父亲来找她,他将会带她离开这个家,这个不像家的家。

但是,一个月过去了,她再也找不到那个交给她东西的人,父亲也没来找过她。她想,也许他来过,而她不在家。但她也想,她爸爸如果不想看到妈妈,也可以写信给她,她曾经给过那个人她的地址,为什么爸爸连一封信也没有?也许那个司机叔叔只是哄哄她?他忘了把地址给她爸爸?

她常常把收藏的那两份国语日报打开来,一个字一个字地读,她总以为父亲可能要她在报纸读出什么重要的讯息,但是她无法分辨出来:一篇尊师重道的文章,三篇"肥皂洗手"征文比赛得奖文章,阿丹漫画……

过了几个月,她终于找到司机叔叔,他到人事处帮她打听到一个地址:中和庙美村水源路五号。隔天,她便站在这个地址前。红色的大门油漆已剥落,一棵桃树正开着花,花瓣落得一地。

她在巷口徘徊了好一阵。终于按下电铃,因太紧张,她一句也想不起来原先要说什么。有人来开门,是一个年纪比她小的女孩,她探出头来问,"你要找谁?"少女的眼睛又黑又亮,她呆呆看着她,过了好一会儿才吞吞吐吐地说,"我要找我爸爸。"少女正经地问她,"你爸爸?你爸爸是谁?"

"我爸爸是冯信文。"她说。"你弄错了吧,我爸爸才是冯信文。"少女灿烂地笑起来。"妈,"少女门未拉上,便往屋内喊,"这边有一个人说她爸爸是冯信文。"

"他还没回来,你先进来在里面等好了。"少女的妈妈看了她一眼,很和蔼地跟她说。苏美薇点点头,便跟着她们走进去,她环视着屋内,这是她父亲住的房子,陌生却似乎有点熟悉,好像她曾住过。

"要喝什么吗?肚子饿不饿?"少女妈妈拿出金鸡饼

干盒。"谢谢。"美薇挑了一块饼干,放入口中嚼着。她看到开门的少女坐在沙发的那头瞪着她,房间里面又走出另一个女孩,她们长得一模一样,是双胞胎。她很羡慕她们有真正的父亲,她们有一个真正的家。她自惭形秽。

"你妈知道你来这里吗?"少女的妈妈倒一杯水给她。"是我自己来的,她不知道。"少女的妈妈问了好几个问题,她努力并镇静地回答,仿佛在回答考试题目。

门外的脚步声响起,"爸爸回来了。"两个女孩的妈妈示意她们离开房间,她们便走开了。苏美薇忙不迭站了起来。

"她来找她爸爸。"少女的妈妈如此向走进门的男人介绍她。眼前的男人高高瘦瘦,戴着眼镜,看起来很斯文,不像赵其德那么胖。他看着她,她也看着他,原来他是她爸爸。他爸爸没说话,不解地看着少女的妈妈。"她是苏美云的女儿,她说她要找她爸爸。"少女的妈妈说完便离开客厅。

空旷的客厅里只剩苏美薇和这个刚走进门的男人,

她父亲，应该是她父亲吧，她紧张地看着他，他放下手上的提包。"来这里做什么？"男人以平淡的语气说，"谁叫你来的？"他接着问她，但是他的态度使她害怕，她站在他面前说不出话，她没想到他会问她这个问题。

"我只是想来看看我的爸爸……我的爸爸是冯信文。"她小声地说。

"我不是你爸爸，你爸爸也不叫冯信文，"男人站在那里，动也不动，"以后你不要再来这里了，知道吧？"

苏美薇焦急地看着眼前的男人，她不懂他的意思，难道他不是她爸爸？男人随即也离开了客厅里，现在只剩下她一个人站在客厅里，一个她没来过而且以后可能也不会再来的所在，她闻到一股陌生的家具气味，那是另一个家的味道。突然间，她才明白，她爸爸根本从来不想看到她，连此刻也不想看到她。

她快步走出那个前院有一棵桃树且满院都是落花的家庭，她离开那条街，不知所以地在街上走着，她的眼睛里都是眼泪，但却找不到手帕，她不停地用手背去擦。她一直走，一直走。她一直走到迷路。

她带着咖啡回到面试会场。在第三个面试者后，便是那个女孩，她年纪比她小两岁，是来应聘会计的。女孩走了进来，开始自我介绍：我叫冯佳冬。

苏美薇一句一句地听她说话，她不知道这位女孩是双胞胎中的哪一位，不管是她或者她的父亲冯信文，她都只见过一面。现在命运却把她们两人推上同一个舞台，灯光已打上来了，演员也都已就位，她怎么一点都不知道剧本内容？她也不知道自己的台词。在冯佳冬一连串自我介绍讲完后，作为公司部门主管，她向她提出第一个问题：

你今天来应聘时，有一位老先生陪你来的，请问那是你父亲吗？

# 大马士革的女子



阿布岱尔走过马沙隆街底,穿过清真寺时,看到她正在问路。几个驻守在寺内的军人正在七嘴八舌地说话,他们都不会说英文,正在设法帮助她。但看起来帮不上什么忙,女孩道谢,转身离开了。

那女孩经过他身旁,看了他一眼,阿布岱尔也不确定她是否在看他,但他被那深邃的眼眸吸引,他似乎曾经在哪里看过这样的眼神。

这个女孩注定要吃苦的,他心上掠过这个念头。他在哪里看过这样的女孩,身子倾斜,仿佛身体内住着一个不安定的灵魂,就算坐下来也是不安稳的样子,对周遭都失去兴趣,心思不知飘至何处,可是也说不准,有时又很投入,会有点神经质地笑着,且还不停抽烟。这种女孩一点都不是他心目中理想的女孩。

我要到乌马雅德清真寺,她说。我知道,我可以带你去,如果你要的话,他告诉她。他说话的样子好像他一辈子都在这里等她似的,以便能带她到乌马雅德。

他原来也没有一定要去的地方,下午已经在此走动了好一会儿,他不会介意带她到那里去。任何地方都可以,后来和她同行时,他甚至想,他也可以和她一起走上卡西翁山,如果她要的话,从那里看大马士革的夜景最美了。

很幸运能遇到你,她说,英文说得比他还好,但有强烈的美国口音。她看起来很瘦,脸色蜡黄,可能一直睡不好,有消化问题,手指关节有点佝偻,可能字写得太用力了,或者打太多计算机。阿布岱尔想都不想便回答,能陪伴这么漂亮的东方女孩,才是我的荣幸。他说的多半是真的,但也不完全当真,只是要等到说出来后他才觉得她其实并不丑,虽然年纪看起来也不轻了。

阿布岱尔每天都在大马士革旧城内走动,这是他的嗜好。每天他都会在黄昏左右出发,走到乌马雅德寺旁的广场,有时,就在街上逛逛,也偶尔在亚法纳咖啡馆抽上一回水烟才回家。别人晨课晚祷五次,他没有,每天只在城市里绕行,都是一个人,他像孤狼,他知道。但这女孩像个鬼魂,莫名其妙地出现,可能随时会消失。

阿布岱尔几年前去贝鲁特,那是他第一次出国,他在那城里什么也没做——有的话,就看过一部被剪裁得看不出内容的中国女鬼电影,此后,他偶尔在城里散步时看到一些东方女孩,他都想到那部电影,黑长发,眼睛哀怨,但会很多武功。那些观光客女孩多成群结队,但这个女孩一个人,神色严肃,真的像鬼,一个旅行的鬼。

女孩话不多,阿布岱尔得想一想能和她谈点什么。他问她,是不是第一次到大马士革来,要待多少个时日。女孩都说了,但他听了也忘了,大约才刚来还不知要待多久,她的说法就像一些西方嬉皮士,现在听说叫Hispter。他不太喜欢那些拥有一切却不知人生目标为何的人,也不懂为什么那些人老是要吸毒。但他觉得这女孩越看越不一样。

不管你要待多久,欢迎,他告诉她。女孩点点头,眼光落在一家卖贝壳镶木盒店的橱窗上,那家店的老板正好站在门口,也对她说欢迎。她看上一个笔筒,她问了价钱,他还没来得及阻止她,她便买下了,那老板说了一个天价,但她不知,好像也无所谓。她有那种严肃又无所谓的样子,他真想问她,你为什么看起来有点不耐烦啊?他没问。

他逐渐联想起来了。那一趟黎巴嫩之行,他遇见两个日本女孩,她们也要到贝鲁特,在海关等候通关时,黎巴嫩海关官员问她们旅游目的,其中一位用很肯定的口气说,只想看看贝鲁特,就这样。就这样。她们不是学生也不是家庭主妇,什么都不是,只是想看看贝鲁特。

他现在想起来了,那两个女孩看起来来自富裕人家,颇有气质和教养,他瞄到她们的护照,里面都是密密麻麻的戳章。她们还向他介绍瑜伽。他到现在还不知道瑜伽是什么,她们说是呼吸法。他其实非常羡慕她们。偶尔他在深呼吸时会想起她们。

那是三年前，他被通知和一个人道组织团队一同前往黎巴嫩，他一直想旅行，但在中学教阿拉伯文赚的薪资微薄，哪里都去不了，除非有钱人找他为孩子补习。机会难得，他去了黎巴嫩，但那趟旅行是一趟纪念受难的叙利亚英雄之旅，一趟伤心之旅。

阿布岱尔的大哥比他大十八岁，一九七六年死于贝鲁特，那年黎巴嫩内战，基督教长枪派射杀境内的巴勒斯坦人，叙利亚政府派出四万大军前往镇压。大哥在军队里，他们家是大马士革什谢望族，家人都以哥哥为荣，有时他觉得，他们似乎认为哥哥死了反而更好。大家更尊敬他们。

真主阿拉保佑。但家人都不提大哥的死。哥哥长得跟他很像，有几次，他半夜梦见大哥来告诉他，他在那边真的过得很好，要他转告父母。他总是惊醒，他很想追问，那边真的比较好吗？他从来没问出来。

他哥哥在梦里也跟他长得很像，也许正是他自己。那一年阿布岱尔才刚上小学，有一天放学回家，发现父亲没去晚祷，家里多了好多位军官，母亲正在啜泣，脸色苍白,她那擦拭泪水的手不停地颤抖。他被叫到一旁去,祖父要他在一张纸上用书法写下大哥的名字。当天夜里,大哥的尸体便抬了回来。

大哥死后,家里的运气开始不济,母亲一病不起,父亲另外一个妻子为他生了一个女儿,从此就住在第二个妻子家,很少回来。阿布岱尔有时担心母亲难过便会特地去拜访父亲,但是父亲还是不常回来。后来他索性也不去了。

那名东方女孩抱着她买来的笔筒,人很安静,她现在不会边走边抽烟了,这很好,这里的女孩不抽烟,更不会边走边抽。她抽烟使他感到难为情。女人天生体质比男人弱,她们真的不该抽烟。他开始注意起她的表情。她不快乐,他看得出来,因为他自己也曾如此不快乐。

后来他接受他的不快乐,他服膺真主的教条:勿嫉妒。他接受一切现状,所有加之于他,未加之于他的,都不计较了。想到那个未结成婚的大学女同学,他也不会那么难过。要跟他结婚的女孩最后听从父老的意见,未嫁给他。

那些年他先是狂热的,敌人从来都比他壮大得多,他一无所有,有的只是他的信念。但他失去战场,他宣告撤退但不甘心的战争,弃械而降后,他变成一处废墟,他真希望把全部的狂热都塞进一个女人的身体。他有时仍希望自己手上握着的是一把手枪,一把俄式冲锋枪。

他逐渐变成他哥哥的影子,而他爱过的女孩是他全部的政治。他想到这些。如果眼前这位女孩现在问他在想什么的话,他会告诉她。但她什么都没问。

我介绍一个很美的地方给你,常常,我心情不好,一走进那个庭院就好多了。他告诉那女孩,她点了头,样子很温驯。他带她穿过市集,穿过卖绿色杏仁的小摊,弯个腰跨进小门,喏,就是这里。

阿山宫殿,他说。女孩跟别的东方女孩不一样,她不拍照,也对博物馆内卖的纪念品没有兴趣,她一直坐在庭院的水池旁,静默不语。他陪着她。他发现自己愿意陪着她,不管她要去哪里,他想他真的都可以。她抬头问他,你知道我在想什么吗?他不知道,她为什么来大马士革?他也不知道。虽然大家都是东方人,但你的东方比我们更东方。他确实很想知道,她在想什么?为什么来大马士革?

你在想什么呢?他问她。我想在死前看看这些城市,离开大马士革后,我要到伊斯坦布尔,然后北非,回去之后我可能就不在了,我没有多少时间。女孩说话时没有表情。他以为他听错了。她就不在了?没有多少时间?他看着她,她的眼眶红了。对,我就不在了,不再留在这世界上了。我没剩多少时间。

他曾想过,也许他会考虑去投效黎巴嫩真主党做一名恐怖主义分子,他真的考虑过,如果政府会付给他母亲一笔抚恤金,但是他没有门路,也没人找他。现在听到这女孩说这些,他不得停下所有的猜测,这个女孩是谁?怎么会在这个时刻在这个地方突然跑出来对他说出这样的事:她将不在了。为什么?

她突然轻声啜泣起来,他不知道该怎么办,他看着她,拿出一张纸巾给她擦泪。还好游客很少,自从美国指名叙利亚是流氓国家,游客都不上门了,黄昏的阿山宫殿寂寥无人,她抱着头坐在椅子上流泪,他站着陪她。她又静默了一会儿才对他说,这真是美好的地方,生命真的很美好,只是她以前不知道。

她的话重击在他心底。原来他们是一样的人,又完全不一样。他现在觉得他非常喜欢这样的一个人,不管她是谁,从哪里来的,要到哪里去,会不会死,他都不管。

后来,那女孩告诉他她的遭遇,她患了癌症,晚期,医生说只有半年的时间可活,她打算在半年内绕完地球。她明天就要离开大马士革了。他看着她,心里只怕他来不及和她说话。

他要告诉她,我觉得你非常美。你是这么美的人,你一定会去到天堂。他还来不及说时,天便逐渐地暗了。

# 情感生活

她住的小镇有三座教堂。这是离她最近的一座,也是最高的一座。她偶尔坐在窗前时便会看到那座教堂的高塔,镀金的钟针针摆,钟声每天整点都会响一次。她因此几乎不需要表或钟。

日子像静止了。完全地静止了。她心里的画面是一九四二年的春天,她和友汉才新婚不久,他便从军了,然后,友汉随军队前往斯大林格勒。她在他所有的衣服和用品上都绣上名字:友汉麦雅。她抱着幼子,在镇上挥别了他,友汉麦雅坐上军队卡车,卡车会先开往维也纳。她一直记得那天的一切,包括空气的味道。从那一天起,她不去教堂了。她不想一个人去教堂。

家里只有她和两岁的儿子,她为人绣名字,以此赚点家用费,她为有钱人家的餐巾或衬衫、毛巾绣字,有时是学生制服,偶尔也有军人要她在军服上绣名字。

她为人绣上名字,每一个人都有自己的名字,那些衣物因为绣上的姓名而不同凡响。她一针一针地绣,在阳光下,在油灯下,在壁炉前,在烛光下。

现在是一九四三年秋天,这里是陶夫奇尔森,南德的小镇。每晚,她在儿子睡着后,才一个人在灯下听广播。她知道,他们的军队突破了敌军的防御,在大肆轰炸后,那一年的九月十三日,他们攻入了斯大林格勒。

她真的不需要表或钟。因为她在等时光流逝,她在等他回来,而时光太漫长。她常常在灯下拿出他们结婚时照的照片,那是他们二人唯一的合照,她回味着他身上的味道,她回忆他如何吻她,那年春天的藏红花开得特别早。

她的日子过得很孤单,她和爱哭闹的儿子。儿子可能有点肠躁症,她带他看过医生,但医生不确定,她常给他泡茴香和孜然茶喝。偶尔表弟来帮忙做农事,劝她最好去教堂,因为人们会闲言闲语,她总是答应,但总是没去。有几次,她都打扮好了,坐在桌前,抱着孩子，最后还是决定不去。

她每天收听广播新闻，那成为除了读丈夫来信之外最重要的生活大事，而且信越来越少。她知道，他们在城里展开寸土必争的巷战，他们几乎占领了斯大林格勒，但仍无法拿下最后的防御地。她知道，他们的军队缓慢推进时，俄方集结了一百多万人，兵力围绕在伏尔加河东岸和斯大林格勒市西北郊。她给他写信，她给他写了无数封信。

她的日子完全静止了。她寂寞极了，孩子好哭，这使她更是难耐，她的日子里只有两种声音，孩子的哭声和教堂的钟声，以及那深夜里她愈来愈不了解的广播新闻。

她不知道日子怎么过下去，因为他来信越来越少，突然戛然中止，没有，没有友汉麦雅的来信。她三番五次到镇上邮局询问，没有。她没有他的任何消息。

而那年，斯大林格勒的冬季极度酷寒，听说军队里传染病滋生，但她不知道的是他们已经弹尽粮绝，许多人最终投降被俘。但她有预感，他不会再回来了。不会再回来了。教堂弥撒的钟声使她掉了眼泪。

那一夜,教堂弥撒的钟声刚刚响过,有人敲门。是谁?在这个时候?她点灯,开门,是一个外地来的陌生人,那个人正在逃命,他祈求能在此度过一个平安夜。凭着直觉,她知道他是犹太人,她只消看他的眼睛,她便能知悉。他身上背着一个包袱,身上穿的是一件棕色旧西装,双眼离鼻的距离较近,黑色的头发很久没剪了,眉眼之间的不确定,瘦削的身材,脸上有点干燥的皮肤,一切都让他看起来像个忧伤的诗人。

她很安静,仿佛有人正代替她在说话,是她的灵魂在说话,她说,请进,我丈夫在前线的战场,我一个人在家,请进。